Zdominować Susan
Pierwsza Część
(Dominacja erotyczna)
Przez
Erika Sanders
Seria
Zdominować Susan Vol. 1 do 5

Streszczenie

Susan po ukończeniu studiów idzie do swojej pierwszej pracy, którą zapewnia przyjaciel rodziny, Robert, który zawsze miał szczególne pragnienie dla córki swojego przyjaciela.

Tym szczególnym życzeniem jest, aby Susan znalazła się pod jego dominacją...

Ta publikacja zawiera serię mocnych erotycznych treści BDSM, w których opowiadam o przygodach Susan w jej aspekcie uległości.

Powieści z dużą zawartością romantyczną i erotyczną BDSM.

Zawiera następujące tomy:

1 – Nowa praca

2 – Zasady

3 – Nowa zabawka

4 – Pokój kar

5 – Spotkanie z mistrzami

Uwaga o autorce:

Erika Sanders to znana na całym świecie pisarka, przetłumaczona na ponad dwadzieścia języków, która podpisuje swoim panieńskim nazwiskiem swoje najbardziej erotyczne teksty, dalekie od zwykłej prozy.

Indeks

ZDOMINOWAĆ SUSAN
PIERWSZA CZĘŚĆ
(DOMINACJA EROTYCZNA)
----------ERIKA SANDERS

PRZEDMOWA

Robert jest dojrzałym, odnoszącym sukcesy biznesmenem, żonatym, ma syna w wieku Susan.

Ich rodziny są bliskimi przyjaciółmi od wielu lat, a on patrzył, jak wyrasta na uroczą młodą kobietę.

Zawsze okazywał dziewczynie otwartą przyjaźń i przez lata dawał jej do zrozumienia, że ją kocha.

Potajemnie ich przyjacielski związek i zamiłowanie do dziewczyny skrywały wiele mrocznych pragnień, bez szans na ich spełnienie.

Jej całkowite poddanie się jemu było jedynym marzeniem w jej najczarniejszych myślach, które chciała spełnić.

Susan to dziewczyna, która niedawno ukończyła studia, z dyplomem biznesowym w ręku i chętna do poznawania świata.

Wkrótce rozpocznie swoją pierwszą prawdziwą pracę, posadę zaproponowaną przez Roberta, przyjaciela rodziny, z szacunku dla ojca i uznania dla jego umiejętności.

Ale także, nieznany jej, podsycany jego pragnieniem posiadania jej.

Jest miłą, zmysłową, ale słodką dziewczyną, która od pierwszego roku studiów ma tego samego chłopaka, Petera.

Są poszukiwaczami przygód, ale nigdy nie zakłócają swojego świata.

Wie, czego chce lub myśli, że wie, ale tak naprawdę jest dość posłuszna, pozwalając innym kierować jej ścieżkami życiowymi.

NOWA PRACA

Stoi przed budynkiem, wpatrując się w stalowo-szklaną fasadę.

Obserwuj wszystkich zadbanych mężczyzn i kobiety wbiegających i wyjeżdżających z podjazdu.

Patrzy na swój garnitur z krótką spódniczką, wznawia tempo i wchodzi.

Czuje się mała i trochę onieśmielona przez mężczyzn górujących nad jej metr osiemdziesiąt wzrostu, kiedy wchodzi do windy i wchodzi do firmy swojego nowego pracodawcy.

Rozglądając się, widzi go w recepcji rozmawiającego z bombą w postaci blondynki i śmiejącego się zalotnie , jego uśmiech rozjaśnia jego twarz, gdy odwraca ją w jej stronę.

Czerwieni się bez powodu i podchodzi do niego, stukając obcasami o kafelki na podłodze.

Jego ramię obejmuje opiekuńczo jej ramiona, gdy przedstawia ją dziewczynie przy biurku.

"Aniu, to jest moja mała Susy!"

Rumieni się, potem prostuje i wyciąga rękę.

"Cześć, właściwie mam na imię Susan, miło mi cię poznać."

Kieruje ją ze stałą ręką na ramieniu do różnych działów i innych kierowników.

Przedstawia ją jako Susan, za co jest wdzięczna i że chce pokazać się z jak najlepszej strony w tym świecie wielkiej rywalizacji.

Pozostaje blisko niego przez cały ranek, próbując zapamiętać mnóstwo imion, zanim w końcu zaprowadzi ją do swojego biura.

Pokazuje jej biurko w przedpokoju, które będzie jej przez większość czasu, kiedy tu będzie.

Odkłada torbę i delikatnie przesuwa palcami po dobrze dobranych meblach.

Jest prowadzona do jego biura, gdzie macha jej ręką na bogate ciemne meble, wszystkie ze skóry i mahoniu.

– A tu pracuję.

Opuszczając ją po raz pierwszy, siada przy biurku.

Czuje się dziwnie samotna, stojąc przed nim w tym wielkim biurze.

Biorąc kilka kluczy, mówi dalej:

„Po lewej stronie, za pokojem rekreacyjnym, znajdziesz drzwi do małej kuchni. To często zabawia klientów. Lodówka barowa powinna być zawsze zaopatrzona w to, co jest na liście, plus menu". Musisz nauczyć się gotować wszystkie potrawy, na wypadek gdyby kucharz nie był dostępny, wpiszę to do twojego programu treningowego".

Szybko ruszył za nią, pchając ją w stronę drzwi i otwierając je.

Z szeroko otwartymi oczami i z podziwem dla wielkości firmy i posiadanych przez nią biur , wszystko, co może zrobić, to głupio skinąć głową.

„Tak będzie".

– Tak, proszę pana – mówi z uśmiechem, ale surowość w jego głosie nią wstrząsa.

"Tak jest ". Odpowiada automatycznie.

Biorąc ją pod ramię, wychodzi z kuchni i prowadzi ją do innej wnęki z drzwiami na tej samej ścianie.

- A to jest moja prywatna łazienka, możesz z niej korzystać, ale tylko za moim pozwoleniem, rozumiesz Susy?

Znów bez słowa kiwa głową na przepych tej łazienki, odzyskując siły , gdy czuje, jak sztywnieje, jąkając się:

"Tak jest".

Uśmiecha się na jej uległość.

– W razie potrzeby skorzystasz z toalety dla personelu na końcu korytarza, a mnie tu nie ma.

Tym razem jest szybsza.

"Tak jest".

Po drugiej stronie pomieszczenia dwie podobne wnęki z drzwiami, które im pokazuje.

„To jest prywatna sala konferencyjna", patrzy szybko, gdy ją pośpiesza, „... i tutaj odpoczywam, jeśli muszę spędzić noc w mieście".

Pokój był ciemny z przebłyskiem dużego łóżka z baldachimem i dziwnych ławek w wielkim pokoju.

Ledwie zdążyła to zarejestrować, zanim drzwi się za nią zamknęły.

Zabiera ją z powrotem do swojego biurka, włącza komputer i pokazuje osobistą usługę przesyłania wiadomości ze swojego biura do komputera, który powinien być zawsze włączony i otwarty.

Zadowolony z odpowiedniego „Tak" we właściwym czasie i ze swojej naturalnej skłonności do bycia pomocnym, zostawia ją przy biurku, aby zapoznała się z nowym otoczeniem.

Testuje jej uważność, wysyłając jej krótkie wiadomości błyskawiczne i uśmiecha się na jej natychmiastowe odpowiedzi, gdy czyta zadania i różne harmonogramy na swoim biurku.

OKUPACJA KRÓLEWSKA

Był cierpliwy i miły, gdy zapoznawała się z nową pracą w jego firmie.

Często rozmawiał z nią przez komunikator w czasie, gdy nie była na spotkaniach lub z dala od firmy, wypytując ją o rodzinę, przyjaciół, jak idzie z jej chłopakiem, sprawiając, że czuje się jak ona. i szczere zainteresowanie swoim życiem.

Podczas pierwszych pracowitych tygodni jej szkolenia poświęcał czas, aby się z nią kontaktować i w razie potrzeby dostosowywać jej harmonogram, stając się jej mentorem, przyjacielem, a czasami surową postacią ojca.

Żartował z nią, grał w gry i przyjaźnie rozmawiał.

W miarę upływu czasu rozmowy stawały się coraz bardziej intymne.

Grali w prawdę czy wyzwanie, często na komputerze, aw grze ich pytania stawały się bardziej osobiste i bezpośrednie.

Potem przerwał, czytając ostatnią odpowiedź.

Spodziewał się, że coś takiego się wydarzy, ale nigdy tak naprawdę nie spodziewał się, że to się stanie.

Tutaj grał prawdę, a oto jego szansa, by znowu ją wyzwać.

Zawsze wybierała prawdę... i właśnie przyznała się, że dostała klapsa od swojego chłopaka i że jej się to podobało.

W ten sposób zamierzał zacząć spełniać swoje marzenie.

Wiedział, że prawdopodobnie nigdy więcej nie zagra z nim w tę grę, i prawie się wycofał, myśląc, że chce przestać, albo co gorsza, powiedzieć komuś w firmie, a potem swojej rodzinie.

Jednak musiał iść dalej.

Długo skrywane pragnienie sprawiło, że zaczął pisać.

Nie zdecydowała się na odwagę, ale on nadal pisał...

***

„Wyzywam cię, żebyś dała mi klapsa, Susy".

Gapiła się, nie mogąc uwierzyć w to, co czyta.

Zbliżyła się do niego, uwielbiała go i sposób, w jaki się o nią troszczył, i sprawiał, że czuła się tak wyjątkowa, prawie jakby był jej ojcem.

Być może znowu z nią żartował, nie wierząc w to, co powiedziała mu o ich randce poprzedniego wieczoru.

Jej umysł zawirował, gdy pomyślała o tym, jak to było być klapsem od swojego chłopaka i wierciła się na swoim krześle, gdy zdała sobie sprawę, że musi zareagować.

Wpatrywała się w ekran, okno wiadomości było przez chwilę puste, czekając na jej odpowiedź.

***

Zaczął wariować, ale wtedy zobaczył, że pisze.

Jej serce biło szybko i wpadła w panikę, zanim w końcu zobaczyła, co pisze.

"Tak jest."

Napisała szybko, zachęcając ją i jej szczęście do działania:

„Więc idź do mojego biura i zamknij drzwi. Kiedy wejdziesz do mojego biura, będziesz posłuszny każdemu mojemu poleceniu, położysz się na moich kolanach bez słowa i poddasz się laniu".

***

Zamrugała na jego odpowiedź.

Ta gra robiła się poważna, ale to była tylko gra, prawda?

Czy ją testował?

Czy powinienem się wycofać?

Oboje byli zdenerwowani i spięci z własnych powodów, przyklejeni do ekranu komputera.

Nie chciała być pierwszą, która się wycofa i sprawi, że będzie z niej kpił.

Ona napisała:

"Tak jest".

* * *

„W takim razie chodź do mojego biura, Susy, i zamknij drzwi".

Nie było odpowiedzi, ale wpadła do swojego biura i zamknęła drzwi jak przestraszony królik, z niedowierzaniem w to, na co właśnie się zgodziła, myśląc, że on wciąż się nią bawi.

Siedział pozornie beznamiętny, gdy jego ciało tęskniło za nią, widząc jej strach, zmieszanie i ciepło w jego oczach , które sprawiały, że kontynuowała.

„Moje okrążenie czeka"

Zrobiła krok do przodu, a on podniósł rękę, zatrzymując się w pół kroku.

- Zgodziłeś się być mi posłuszny, wchodząc do tego pokoju, prawda?

Wyraźnie się trzęsąc, szepnęła:

"Tak jest".

Wskazał na ziemię, ośmielając się, i warknął:

„Płacz w moją stronę".

Patrzył, jak emocje grają na jej twarzy, niechęć, strach, przerażenie, podniecenie i wreszcie uległość .

Wypuścił powietrze, które wstrzymywał, gdy patrzył, jak początek jej marzenia się spełnia, jej małe ciałko upada na kolana, a potem na ręce, gdy zaczyna się czołgać w jego stronę.

Na jej widok poczuł, jak jego członek drży.

W końcu była jego, choćby tylko na to popołudnie.

* * *

Nie mogła uwierzyć, że to robi, ten mężczyzna, którego znała przez całe życie, miał zamiar naprawdę dać jej klapsa.

Gra zaszła za daleko, ale dlaczego jej nie przerwał?

Uświadamia sobie, że tego chciała!

O Boże, czy ona go pragnęła?

Czy było z nią coś nie tak?

Dlaczego tak się czuł?

Jej oczy zatrzymały się na jego silnym ciele w jego wielkim fotelu, gdy stanęła na nogi i wśliznęła się jak wąż na jego kolana.

Wiedział, że to źle, ale nie mógł nic na to poradzić.

Bez słów, bez kłótni, bez pogłaskania jej za to, że jest grzeczną dziewczynką, ręka uderzyła ją siłą w pośladki, a ona pisnęła.

* * *

Spojrzał w dół na pięknego anioła czołgającego się w jego stronę, jego umysł błądził w najciemniejszych miejscach i musiał się cofnąć, tak młody i wrażliwy, że nie zdaje sobie sprawy ze swojej wartości.

Użył całej swojej siły woli, by pozostać niewzruszonym, gdy wślizgnęła się na jego kolana, pewna, że czuje tę twardość w brzuchu, gdy unosi jej spódnicę, odsłaniając różowe stringi i podnosi rękę, by uderzyć ją z całej siły.

Jeśli tylko ten jeden raz sprawiało mu to przyjemność.

Zobacz, jak jej napięte mięśnie falują podczas ataku, a odciski dłoni świecą na czerwono na jej białej skórze.

Piszczy i sapie:

"Ohhhhh to jest to bolałoeeee ."

Piszczy i wykręca nogi, kopiąc, gdy on znowu daje jej głębokie klapsy.

* * *

Traci rachubę klapsów, gdy ból wypełnia jej małe ciało i ogrzewa ją.

Zauważa ciepło w jej małej cipce i wilgoć na jej udach, gdy ją klapsuje.

Zagubiona w swoim upale i potrzebie krzyku, małe łzy spływają jej po policzkach.

* * *

Jego ręka drętwieje, kiedy daje jej klapsa, delektując się napięciem twardych mięśni, jej krzykami i prośbami, by przestał go bić, kiedy maluje jej tyłek na jaskrawoczerwono.

Zatrzymuje się, gdy widzi ją mokrą między nogami, niewiarygodnie, jej małe ciałko szarpie się na jego kolanach.

* * *

Jej umysł skupił się na potędze tego mężczyzny, gdy sapała i piszczała.

Kiedy on nadal daje jej klapsy mocno i szybko, jej ciało przejmuje kontrolę, gdy jej umysł się kręci, czując ciepło i stłumioną potrzebę zbyt nieudolnego chłopaka i zatracając się w doznaniu, gdy spuszcza się, twardnieje i osiąga orgazm. nad jej udami tym prostym klapsem.

Czuje, jak zatrzymuje się i umiera w środku.

Przepełnia ją wstyd, gdy drży na jego kolanach, dysząc i szlochając.

Ciepło jej rumieńca wypełniło jej twarz, tak zakłopotana, jak mogła to zrobić?

* * *

Uśmiecha się, widząc jej twarz zaczerwienioną ze wstydu, trzymając ją w miejscu, wiedząc, że to jej chwila.

„Przez następny tydzień zostaniesz moim niewolnikiem. To będzie twoje królewskie zajęcie. Będziesz mi posłuszny we wszystkim, co rozkażę. idź do łazienki. Posiądę cię, a ty będziesz mi posłuszna. Pod koniec tygodnia znowu o tym porozmawiamy.

* * *

Leżąc na jego kolanach, czując orgazm jego klapsów, słucha jego słów.

To stwierdzenie, nie pytanie.

Zdaje sobie sprawę, że nie dano mu opcji.

Przechyla głowę ze wstydu, trzęsąc się po tym, co właśnie zrobiła.

A ona jęczy:

"Tak jest"

AKCEPTACJA SYTUACJI

„Jego niewolnikiem przez tydzień".

Tydzień nie mógł być taki zły, skoro zawsze traktował ją jak księżniczkę.

Nawet po jej męce sprzed kilku minut i jej tygodniowym żądaniu całkowitego posłuszeństwa, podniósł ją, otarł jej łzy i wysłał do jej prywatnej łazienki, żeby się umyła.

Stała przed lustrem przeżywając swój wstyd, była niegrzeczną dziewczynką i teraz Robert o tym wiedział.

Cholera!

Przygryzła wargę, zastanawiając się, czy zamierza zachować to wszystko w sekrecie, podczas gdy ona gra w jego grę.

Bo to była gra, prawda?

Wyszedł z łazienki, jego twarz nie odzwierciedlała już tego, co się właśnie wydarzyło, a jego zaczerwieniony tyłek był jedynym zewnętrznym tego dowodem.

Podeszła do niego, czując, jak jej twarz znów się rumieni, a on wręczył jej swoje nasączone spermą stringi.

„Ok, wszystko dobrze. Oboje mamy jednak ludzi, których kochamy, i to było, hmm, zabawne, ale nie chcę, żeby którekolwiek z nich wiedziało..."

Widząc jej głęboki rumieniec i słysząc samooskarżenie w jej głosie, przerwał jej naciskając smycz:

„Że pozwoliłaś mi lanie się aż do orgazmu? Że zgodziłaś się służyć mi jako niewolnica przez nie mniej niż tydzień, moja słodka Susy, jesteś bardzo niegrzeczną suką!"

Patrzył, jak bladnie na ostatnie słowo, dopóki nie opuściła głowy, by spojrzeć na swoje stopy.

Przed nią uniósł jej podbródek, trzymając przed nią różowe stringi i uśmiechnął się.

„Zrozumcie, że nie chcę też skrzywdzić naszych rodzin. Ale od teraz będziecie mnie nazywać Panem, kiedy będziemy sami. Ja, moje kochane dziecko, jestem Panem i jako taki potrzebuję niewolnika. Tydzień tutaj w pracy a pod koniec Porozmawiamy ponownie w tym tygodniu i zobaczymy, jak będziemy dalej postępować".

Po tych słowach schowała stringi do kieszeni i wróciła do biurka.

Podnosząc do niej kopertę, napotkał jej pytające oczy.

„To jest lista zasad, których musisz przestrzegać w ciągu tygodnia. Możesz teraz iść do domu i tam się jej uczyć. Przyjdź jutro wcześniej, mamy dużo do zrobienia. Widzimy się o siódmej rano".

Wstał i delikatnie całując ją w policzek, wyszedł z biura, kończąc dzień.

Gdy zbliżyła się, by go pocałować, usłyszała, jak szepcze „Tak, Mistrzu", co wywołało u niej szeroki uśmiech.

ZASADY

Tej nocy leżał w łóżku, czytając instrukcje na cały tydzień i kręcąc głową.

Czuła się bardzo niekomfortowo, ale z jakiegoś powodu po prostu nie mogła odmówić.

Ale powinienem był powiedzieć nie.

Miał rację, była dziwką.

Chciała poczuć, jak ją biczuje.

Jej chłopak był słodki, ale nigdy nie potrafił dać jej klapsa tak, jak zrobił to Robert.

Czuła, jak jego twardy kutas przyciska się do jej brzucha, myśląc o jego wielkości i kształcie.

Jej chłopak zbladł w porównaniu z jej wyobrażeniami.

Zasnęła, przeżywając ponownie lanie i myśląc o nadchodzącym tygodniu, z ręką uwięzioną między nogami, gdy osiągnęła swój drugi orgazm tego dnia.

***

Wstał wcześnie, żeby wziąć prysznic.

Ogolił się zgodnie z zasadami i starannie się ubierał.

Włosy zostały zebrane w dobrze zrobiony kucyk.

I ubrała się pod bluzkę zamiast stanika, wdzięczna za swoje jędrne małe piersi, i wsunęła majtki pod kostium z krótką spódniczką.

Nałożyła makijaż zgodnie z instrukcją, złapała torbę i wybiegła z domu w samą porę, by zdążyć na wczesny autobus do pracy.

Brak zwykłego porannego ruchu ulicznego, który był tak wczesny, sprawił, że budynek wydawał się dziwnie opuszczony, kiedy przyjechał, pomyślała, wchodząc do windy.

Wchodząc do cichego biura, była zaskoczona, widząc zapalone światła i że on już tam był.

Podeszła do swojego biurka i szybko wysłała SMS-a „Dzień dobry, Mistrzu", aby powiadomić go o swoim przybyciu.

* * *

Spojrzał na zegarek i uśmiechnął się.

W samą porę.

Spędził noc planując nadchodzący tydzień.

Nagroda za skumulowane lata, podczas których musiał posiąść tę piękną dziewczynę, która tak bardzo go opętała.

Potrzebował jej, by zaakceptowała swoją nową rolę, zniewoliła jej ciało i duszę, a miał na to tylko tydzień.

Planował całą noc, zanim zdecydował się na następny ruch.

Uśmiechając się, napisał:

„Dobra dziewczynka, jesteś tu na czas. Chodź do mojego biura, zamknij drzwi i rozbierz się. Potem idź na środek pokoju i tam poczekaj".

* * *

"Tak mistrzu."

Z bijącym sercem weszła do swojego gabinetu i zamknęła za sobą drzwi.

Czując jego uważne spojrzenie, odwróciła się i zrobiła krok do przodu.

Powoli zdjęła każdy element garderoby, który miała na sobie i położyła go na ziemi obok siebie.

W końcu naga, położyła się na miękkim dywanie na środku pokoju, by być zdana na jego łaskę, swoją niewolnicę.

Patrzyła, jak wstaje i odchodzi od biurka.

Unosił się nad nią, patrząc na nią od stóp do głów, na każdy cal jej skóry, nie dotykając jej, ale tak blisko, że czuła ciepło jego ciała na gęsiej skórce.

Nagle wrócił do swojego biurka, kazał jej się ubrać i zabrać do pracy, odwracając jej uwagę, by kontynuował swoją pracę.

* * *

Widział jej zmieszanie i rozczarowanie, kiedy ubierała się i wracała do swojego biurka.

Wiedział, że jest gotowa zrobić to, co postanowił, być posłuszna jego woli, a nawet bardziej, ku jego upokorzeniu i zawstydzeniu, zmuszając ją do udziału w jego grze, ale nie chciał naciskać zbyt mocno.

Potrzebował jej, by chciała więcej, potrzebowała więcej.

Odwrócił się, by spojrzeć na swój plan treningowy, który leżał na jego biurku.

Jego lekcje kulinarne szły dobrze.

Wydawało się, że ludzie w firmie go lubią.

Dotknął podbródka, myśląc, że być może zaproszenie jej na kolację z przyjaciółmi z klubu może wkrótce wzbić się w powietrze.

Siedział przy biurku, a jego umysł odtwarzał klapsy, które jej dał, jego kutas puchł od tego, jego dłoń ocierała się o nią czując podniecenie, widząc ją nagą i tak chętnie posłuszną, że prawie zapomniał o swoich planach, pożądaniu i potrzebie. dominować nad dziewczyną.

Wysłano wiadomość błyskawiczną:

„Czy ty się masturbujesz, Susy?"

Czekał, aż na jego biurku pojawi się błyskawiczna wiadomość.

Mógł sobie wyobrazić, jak się wierci, jej cipka zaciska się na to pytanie, ale przyznała się już do znacznie więcej podczas ich gier.

„Tak, Mistrzu, często".

Napisał następującą wiadomość, ostrożnie dobierając kolejne słowa, chcąc nie tylko pobawić się z nią, ale także skłonić ją do myślenia:

„Czy ten młody człowiek, którego rzadko widujesz, może cię nie zadowolić, ty mała dziwko? Może ten tydzień pomoże ci pozostać usatysfakcjonowanym".

Na tym zamknął rozmowę.

***

Siedząc przy biurku, była oszołomiona odpowiedzią i nagłym zakończeniem rozmowy, ale wciąż zastanawiała się nad swoimi słowami.

Później, zajęta pracą, nie zdawała sobie sprawy, że poszedł za nią, dopóki jego dłoń nie zacisnęła się na jej ramieniu i nie spoczęła na jej prawej piersi.

Pochylił się, by szepnąć jej do ucha:

„Po prostu patrzę, jak moja mała suka ciężko pracuje".

Głaszcząc stwardniały sutek i słuchając jej przyspieszonego oddechu, uśmiechnął się.

Następnie zdjął rękę i opuścił swoje biuro, po czym zwrócił się do niej:

„Wiesz, Susy, to będzie bardzo satysfakcjonujący tydzień".

***

Trzymał ją w napięciu przez cały dzień małymi pieszczotami i drobnymi dokuczaniami, które zawsze sprawiały, że chciała więcej z jej nieświadomych ruchów i rumieniła się coraz bardziej.

Zadowolony, że wzbudził jej pragnienie przez cały dzień, chciał więcej.

Posłaniec zamrugał na swoim biurku.

„Zanim dzisiaj wyjdziesz, ty mała suko, zgłoś się do mojego biurka i poproś o pozwolenie na opuszczenie mojej służby na ten dzień".

***

"Tak mistrzu." Napisał i szybko pospieszył, by dokończyć to, co robił i uporządkować swoje biurko.

Była trochę podekscytowana.

Drażnił się z nią cały dzień, jej majtki były mokre i lepkie, a ona nie mogła uwierzyć, że jest jej tak gorąco.

Zarumieniła się wiedząc, że była małą dziwką, którą ją nazwał, ale nie mogła nic na to poradzić.

Wstała i weszła do swojego gabinetu, zamykając drzwi i czekając, aż przyciągnie ją bliżej.

Stał tak przez kilka minut, choć wydawało się, że trwało to znacznie dłużej.

To ją bardziej denerwowało, dopóki nie spojrzał na nią i nie wskazał miejsca na podłodze obok jej biurka.

„Tutaj Zuzia".

Prawie poleciała w to miejsce, chcąc znów być blisko niego.

Widząc uśmiech rozjaśniający jej twarz z powodu jej zapału, jej rumieniec ponownie wypełnił jej twarz.

„Przed wyjazdem jest jeszcze jedna rzecz, którą muszę ocenić". Widział, jak lekko się trzęsła, gdy przyjmowała jego słowa. „Bądź dobrą suką i pochyl się przede mną nad biurkiem, Susy".

Widząc jej puste spojrzenie, nie czekał na jej ruch, zamiast tego wyciągnął rękę, chwycił ją za ramię i przycisnął, by oparła się o biurko, jej stopy ledwo dotykały podłogi.

Przesuwając dłońmi po udach, rozkładając je szeroko, głośno cmokała.

„Moja mała suko Susy, co dzisiaj robiłaś, że jest tak mokro?"

Słysząc jej płacz i widząc głęboki rumieniec, uśmiechnął się zadowolony z jej reakcji.

Mógł z łatwością zrzucić winę za jej ciągłe zabawy na jej podniecenie, ale milczała, zawstydzona, że nazwał ją dziwką.

Przesunęła palcami po mokrych bawełnianych majtkach i kontynuowała.

„Co mamy zrobić z taką mokrą dziwką?"

Zaczepiając palce w jej majtkach, pogłaskał jej mokrą szparę, patrząc, jak wije się i sapie po wszystkich grach, w które brał ją przez cały dzień.

Chwytając jej łechtaczkę między kciuk i palec wskazujący, ściskając powoli, warknął:

– Odpowiedz mi, ty mała suko!

Słysząc jej głośny jęk i widząc jej drżenie, uśmiechnął się ponownie.

Przyciśnięta do biurka, szeroko rozłożyła uda.

Poczuła, jak upokorzenie wywołane jego słowami napełniło jej twarz kolorem, czyniąc ją jeszcze bardziej mokrą.

Jego figlarne dłonie i palce trzymały ją na krawędzi przez cały dzień, a jej małe ciałko domagało się i potrzebowało jego dotyku.

Teraz dotyk jego palców, gdy pieściły jej cipkę, sprawiał, że jej biodra poruszały się nieświadomie.

Jej oczy rozszerzyły się, gdy jego palce chwyciły i ścisnęły jej łechtaczkę, a ona jęknęła głośno:

„Tak, Mistrzu, to znaczy, nie Mistrzu, o Boże!”

„Wiesz, co robić!” Pisnęła, gdy mocno klepnął ją w tyłek.

Kontynuował ściskanie, powodując ból w jej małym ciele, kiedy znowu pisnęła.

Jej oczy wypełniły się łzami, gdy uderzyła ją ponownie, żądając odpowiedzi:

„Klaps, mistrzu!”

Poczuła, jak jej łechtaczka drży, gdy ponownie uderzył ją w pupę.

Wyginając się z bólu, łzy spływały jej po twarzy, osiągnęła orgazm, wykrzykując swój ból i potrzebę.

Cofnął rękę i spojrzał na dziwkę, tak zadowolony, że prawie o niego błagała.

Podniósł ją, całując jej zapłakaną twarz, podczas gdy ona szarpała się w niekontrolowany sposób w jego ramionach, pocierając jej plecy i dodając jej otuchy.

Poszedł z nią do łazienki.

„Popraw makijaż, moja mała suko, nie chcemy, żeby ludzie myśleli, że gramy w grę”.

Patrzył, jak patrzy na jego szeroki, przekorny uśmiech, gdy zarumieniła się głęboko i spuściła głowę.

* * *

Kiedy pochyliła się, żeby umyć i naprawić twarz, przypomniała sobie, jakie to uczucie, kiedy ocierał się o nią.

Widoczna twardość pod jego spodniami.

Jego umysł wędrował z obrazami tego, jak musiał wyglądać jego kutas.

Wzdrygnęła się.

* * *

„Skoro jesteś taką paskudną dziewczyną, ale masz twarz anioła, będziesz nosić mokre majtki, Susy, niech ludzie się zastanawiają, czy anioł jest tak niewinny, jak się wydaje!" Rozkoszował się drżącym wyrazem jej twarzy. „Jutro po prysznicu wybierz swoje ulubione majtki i załóż je na tę małą cipkę". Jego umysł przywołał wspomnienie jej świeżo ogolonej, ciasnej cipki z jego inspekcji tego ranka. „W takim razie chcę, żebyś się masturbował, doprowadzając się na skraj orgazmu, a potem przestał, skończył się ubierać i wyszedł do pracy. Jak tylko przyjedziesz, przyjdź do mojego biura".

Jej oczy rozszerzyły się, serce zaczęło bić jak szalone.

To, o co prosił, było trochę oburzające, ale jej cipka zacisnęła się i poczuła, że kapie jeszcze bardziej.

Drżącym głosem odpowiedziała: „Tak, Mistrzu".

Spojrzał na nią przenikliwym wzrokiem, przez co jeszcze bardziej się zarumieniła.

Jego dłoń otoczyła jej dłoń i dotknął jej mokrej, pokrytej bawełną pizdy.

Potem szepcząc mu do ucha z groźnym pomrukiem:

„I nie uprawiaj seksu ze swoim nieuważnym chłopakiem w tym tygodniu, Susy. W tym tygodniu jesteś moja. Rozumiesz?"

Jego twarz rozjaśniła się, gdy wyszeptał: „Tak, Mistrzu".

***

Tej nocy spała niespokojnie.

Jej sny były nim wypełnione, jej ciało było tak podniecone, że wydawało się stale mokre i potrzebujące.

Zastanawiała się, czy nie zadzwonić do swojego chłopaka.

Skąd Mistrz miałby wiedzieć, gdyby tak było?

W głębi duszy wiedziała, że czułaby się sfrustrowana i winna, gdyby to zrobiła, więc schowała głowę w poduszce i próbowała ponownie zasnąć.

***

Następnego ranka, po długich przygotowaniach, wyszedł do pracy z niespokojnymi nogami w drodze.

Rozejrzała się, żeby zobaczyć, czy ludzie wyczują jej podniecenie, jej sutki nieustannie twardnieją od potrzeby dojścia i przeszkadza jej mały guzik.

***

Po przyjeździe udała się bezpośrednio do swojego biura.

Rozmawiał z kimś przez telefon i kiedy jego oczy zwróciły się na nią, pojawił się uśmiech.

Wzięła długopis i napisała „rozbierz się" w leżącym obok notatniku.

Odwrócił kartkę w jej stronę i wskazał miejsce przed jej krzesłem między jej rozłożonymi nogami.

Nogi jej się trzęsły, gdy posłusznie obeszła duże biurko i zaczęła się rozbierać.

Zakrył ustnik dłonią i szepnął do niej:

„Powoli, to nie jest badanie lekarskie"

Mrugnął do niej, a ona zarumieniła się i skinęła głową rozumiejąc, że powinna się rozebrać bardziej zmysłowo.

Zrobiła to iw końcu naga usłyszała, jak mówi:

- Przepraszam, Harry, muszę cię teraz zostawić. Zadzwonię później, ktoś potrzebuje mojej uwagi.

Uśmiechnął się do niej i odłożył słuchawkę.

Obejrzał ją krytycznie, przesuwając palcem po wewnętrznej stronie jej uda, by poczuć wilgoć, a potem odchylił się do tyłu i przesunął językiem po koniuszku jej mokrego palca.

„Odwróć się i pochyl się nad biurkiem, ty mała dziwko, i rozłóż nogi".

Odwróciła się i pochyliła, prezentując mu swój mały, ciasny tyłek.

Obserwując maleńki czubek materiału wyrastający z jej warg sromowych, uszczypnął go i kusząco zaczął powoli ciągnąć.

Z szeroko otwartymi oczami i prawie zapłakany wichrem emocji i uczuć, poprawił jej majtki, patrząc, jak jej cipka kapie jeszcze bardziej, gdy je podciągnęła.

Kiedy pasek materiału wsunął się w jej rozcięcie, szarpnął mocno, obserwując jej twarz w odbiciu w oknie, gdy przygryzała wargę i jęknęła.

Uderzył ją w nagie pośladki i kazał jej wstać, spojrzał na nią krytycznie, gdy wyprostowała się i odwróciła do niego.

Po inspekcji jeszcze raz uderzył ją w tyłek i kazał wyprostować ubranie, wyprostować przemoczone majtki i wrócić do pracy.

Zarumieniony i zdezorientowany wyraz jej twarzy niezmiernie go ucieszył.

Potem odwróciła się do niego plecami i podniosła słuchawkę, aby wznowić ich poprzednią rozmowę, jej wzrok skupił się na swoim odbiciu w ściankach działowych jej biura.

"O tak." Pomyślał sobie: „To będzie bardzo satysfakcjonujący tydzień. A jeśli mój plan się powiedzie, będzie to o wiele, wiele więcej niż tydzień..."

SPOTKANIE Z KIEROWNIKIEM

Wróciła do swojego biurka z twarzą zaczerwienioną z zażenowania i zażenowania.

Nawet nie przyszło mu do głowy powiedzieć „nie" i przerwać grę.

Siedział przez długie minuty, zastanawiając się, co by się stało, gdyby to zrobił.

Boże, pomyślała. „Zwolniłbyś ją i wyjaśnił jej rodzinie, dlaczego lub powiedział im , że musiała to zrobić, ponieważ była taka niegrzeczna?

– Być może – uzasadniła. „Mogła pójść do ojca i powiedzieć mu, do czego skłonił ją ten mężczyzna, ale wpadła w depresję, zdając sobie sprawę, że tak naprawdę nie zrobił niczego, na co by się nie zgodziła lub o co nie poprosiła, a nie mogła tego powiedzieć ojcu".

Uśmiechnęła się, myśląc o swoim kochającym ojcu.

Była jego słodkim aniołkiem i nie mogła znieść rozczarowania go prawdą, że była małą dziwką, jak nazywał ją pan Robert.

Zagubiona w zamyśleniu, nie zauważyła migającej wiadomości błyskawicznej, dopóki nie było za późno.

Pojawiła się druga i trzecia wiadomość „TUTAJ TERAZ!"

Niemal usłyszała jego krzyk, gdy podskoczył i zadrżał z niecierpliwości.

Nie odpowiedziała, zamiast tego pobiegła do swojego biura i zatrzymała się tuż przy drzwiach.

Wchodząc, bez słowa kazał jej zamknąć drzwi i wskazał miejsce przed swoim biurkiem.

Idąc powoli w stronę miejsca, stała wyczekująco, podczas gdy on kończył pisać notatki na swoim komputerze.

Spojrzał na nią rozczarowany i potrząsnął głową.

Jego milczenie jeszcze bardziej ją zdenerwowało, wstał i podszedł do niej, ciągnąc za spódniczkę, odsłaniając wciąż mokre majtki i mocno uderzając ją w pupę.

Ciesząc się jej piskiem, obrócił ją i mocno ściskając jej podbródek sprawił, że spojrzała mu w oczy.

Pochylając się do jej twarzy, warknął: „Ja, Susan, jestem twoim panem! Ty, moja dziewczyna, jesteś moją niewolnicą i twoja nieuwaga każe mi wierzyć, że musisz o tym pamiętać".

Patrzył, jak jej oczy odrywają się od jego.

"Spójrz na mnie!" Warknął jej prosto w twarz, delektując się jej oddechem, gdy jej oczy podniosły się na jego.

Spojrzała na niego i zaczęła jąkać się z przeprosinami, ale jego dłoń zacisnęła się na jej podbródku, uciszając ją, a jej oczy wypełniły się łzami.

Wyglądała tak pięknie bezbronnie, że jego kutas zadrżał.

„Oczywiście będziesz musiała zostać ukarana, ale myślę, że spodoba ci się kolejne lanie, prawda, moja mała suko?"

Patrzył z satysfakcją, zakłopotanie malowało się na jego twarzy, gdy jego ciemne oczy spotkały się z jej.

„Czekam na jednego z kierowników i nie mam teraz czasu zajmować się twoim nieposłuszeństwem", wysyłając ją do rogu swojego biura za biurkiem, kontynuowała: „Stań w kącie jak niegrzeczna dziewczynka jesteś, podczas gdy ja spotykam się z Alanem.

Poczuł, jak sztywnieje i zobaczył, jak jej ręce zaczynają zsuwać się po spódnicy, ale uderzył ją mocno w tyłek, zostawiając gorący, czerwony ślad.

„Zostaw spódnicę tak, jak jest. Skrzyżuj ręce przed sobą, jeśli nie możesz nawet wykonać tej prostej instrukcji".

Usłyszał, jak jęknęła i stłumiła szloch, i z uśmiechem rozjaśniającym twarz wróciła do swojego biurka.

Zbladła fizycznie, gdy usłyszała, jak podnosi głos i krzyczy:

„Wejdź do Alana. Przepraszam, nie było tam mojego asystenta, żeby cię wpuścić".

Usłyszał głęboki chichot, kiedy Alan wszedł.

„Nie ma problemu, Robercie. Widzę, że remontowałeś tutaj. Muszę powiedzieć, że bardzo ładnie, a ten czerwony akcent, który dodałeś, jest niewiarygodny!"

Jego umysł pędził:

„Mówił o niej? Na pewno nie"

Ale nie mogła powstrzymać jasnego rumieńca, który pojawił się na jej policzkach, kiedy wyjrzała przez sąsiednie okno.

Starała się nie ruszać i nie denerwować, mając nadzieję, że zniknie w tle, podczas gdy oni będą rozmawiać o jakimś kliencie lub czymś innym.

W końcu spotkanie dobiegło końca i Alan wyszedł uszczęśliwiony:

„Myślę, że mógłbym udekorować swoje biuro w podobny sposób, Robercie, ale może z jakimś nordyckim motywem".

Mrugnął chytrze do Roberta i dodał:

„Szaleję, gdy widzę krągłą blondynkę. Może nadszedł czas, aby Anne była moją osobistą asystentką".

Śmiał się głośno, kiedy go nie było, a ona skuliła się w środku.

NOWA ZABAWKA

Zostawił ją tam stojącą przez kolejne pół godziny, podczas gdy wypełniał raporty na komputerze, zanim w końcu wezwał ją, by do niego przyszła.

„Mam nadzieję, że nie będę musiał ponownie cię ukarać, mały niewolniku, i aby pomóc ci zwrócić uwagę, mam dla ciebie prezent".

Otworzył szufladę w swoim biurku, wyjął mały różowy cylinder i spojrzał na nią, tak jak ona patrzyła na niego z zaciekawieniem.

Ona naprawdę jest taka niewinna, pomyślał i uśmiechnął się, dając jej znak, żeby poszła do prywatnej łazienki i włożyła nową zabawkę do jej cipki jak tampon.

Uwielbiał sposób, w jaki emocje igrały na jej twarzy, czarująco rumieniąc się, gdy jej umysł walczył z poddaniem się jemu.

„TERAZ, niewolniku!"

Wzięła mały przedmiot z jego ręki i poszła powoli do łazienki, zamykając drzwi.

Ale zobaczyła, że wyłania się tam, obserwując ją.

- Najpierw muszę się wysikać, proszę, mistrzu. Jąkała się.

- Śmiało, mały niewolniku, nie będę cię zatrzymywał. Cofnął się trochę, ale nie odsunął się od drzwi, żeby je przytrzymać.

Zesztywniał, odwracając się, gdy usłyszał jej głośne westchnienie.

Zdawała się tego nie zauważać, gdy ściągnęła majtki, żeby się wysikać i włożyła zabawkę.

Wstała i wciągnęła mokre majtki z powrotem na miejsce.

A kiedy jej ręce były gotowe do ściągnięcia spódnicy, usłyszała, jak cmoka.

Podniosła wzrok i zobaczyła, jak kręci głową.

Zostawiając spódnicę ciasno wokół talii, skończyła myć ręce i podążyła za nim do jego biurka.

Widziała, że patrzy na nią spode łba i zastanawiała się, co mogła zrobić, żeby go teraz zdenerwować.

„Susan, myślę, że to dla ciebie dzień lekcji".

Zamilkł na chwilę, pozwalając jej zastanowić się nad jego słowami.

„Niewolnicy nie wzdychają do swoich Panów! Zrozumiano? To proste, tak, Mistrzu, ponieważ skoro jesteś moim niewolnikiem, będziesz mi posłuszny!" Jego oczy spotkały się z jej, gdy wyjaśniał swoje ostatnie wykroczenie.

Patrzył, jak przerażenie i zakłopotanie przemykają po jej twarzy, jak zęby ponownie przygryzają dolną wargę z uwielbieniem.

Czasami to jak karanie małej dziewczynki, pomyślała.

Z szeroko otwartymi oczami skinęła głową, odzyskując siły na tyle, by wyszeptać „Tak, Mistrzu", kiedy zobaczyła, jak twardnieje ze złości.

Teraz była przerażona, ponieważ jego wyraźny gniew utwierdził ją w przekonaniu, że to już nie jest gra.

Potwierdzenie uderzyło ją jak uderzenie w twarz, które prawie zakołysało ją do tyłu z siłą nowej świadomości jej sytuacji.

Wiedziała, że posunęła się za daleko, zrobiła za dużo, pozwoliła, by zrobił jej za dużo, teraz, kiedy mogła się wycofać lub poprosić, żeby przestał.

Każde takie słowo uwięzłoby jej w gardle.

Po kilku minutach ciszy zaczęła szlochać i odwróciła się, by odejść.

Patrzył, jak się załamuje, uświadamiając sobie jego intencje.

To był jego czas, aby zacząć czynić ją naprawdę swoją.

Musiał działać szybko, zanim spanikuje i całkowicie od niego ucieknie.

Wyciągnął rękę z prędkością błyskawicy i chwycił ją za ramię, zanim zdążyła uciec.

Trzymał pilota przed jej oczami i nacisnął przycisk, aby rozpocząć ciche brzęczenie w jej cipce.

Szarpnęła się i jęknęła, patrząc na niego.

Głębokim głosem powiedział:

„Tak, mała dziwko, kontroluję tę nową zabawkę w twojej cipce, tak jak kontroluję ciebie. Jestem twoim Panem".

Patrzył w jej przerażone oczy, gdy gładził ją po plecach.

Zabawka wirowała z większą prędkością.

Jego oddech zaczął się przyspieszać wraz z uczuciem podniecenia.

Pochylił się, by szepnąć jej do ucha:

– Lubisz być moją suką, prawda, Susy?

Przysunął się jeszcze bliżej, przyciągając ją do siebie i kontynuował:

„Bez konieczności ukrywania tego, jaki jesteś niegrzeczny i uczuć w tej ciasnej cipce, którą pozostawia ci zabawka, kiedy jesteś ze mną, wiesz, że miałeś mi służyć".

Mówiąc to, uderzył ją mocno w pupę, ogrzewając ją odciskiem dłoni.

Obserwując, jak przygryza wargę, mógł zobaczyć emocje rozgrywające się na jej wyrazistej twarzy, która zarumieniła się kolorem.

„Przy mnie możesz być sobą, Susy. Kocham wszystko, czym jesteś i wszystko, czym możesz i będziesz dla mnie".

Czuła bijące z niej ciepło, zakłopotanie i strach mieszające się z rosnącym seksualnym głodem, który pojawił się w jej zielonych oczach z powodu podniecenia zabawki w jej cipce.

To był powolny, przemyślany dobór słów, pozwalając im zawładnąć jej umysłem, gdy zmagała się ze świadomością, że to już nigdy nie będzie dla niego gra.

Mówił, by niestrudzenie wypełniać jej głowę swoimi życzeniami.

„Znam cię przez większość twojego życia. Zawsze taka słodka, taka niewinna i tak posłuszna, że wiedziałam, że urodziłaś się, by być niewolnicą, moja mała dziwko. Potrzebujesz Mistrza, który da ci przyjemność i ból, których pragniesz. "

Jego głos był cichym, cichym szeptem do jej ucha, ale z surowym, rozkazującym tonem.

„Możesz mi zaufać, Susy, zaopiekuję się tobą i zapewnię ci bezpieczeństwo, podczas gdy będę zaspokajać twoje kaprysy i pragnienia".

Zaakcentował to kolejnym klapsem w jej i tak już czerwony tyłek.

„Wszystko, o co proszę małego niewolnika, to abyś mi służył i był mi dobrze posłuszny. Jestem twoim panem, Susy. A ty, mały lisie, jesteś niewolnikiem, którego pragnę”.

Dyszała teraz, jej ciało wyraźnie trzęsło się z podniecenia, gdy aktywował zabawkę trochę mocniej i ponownie uderzył ją w tyłek.

„Będę cię posiadał i będę się tobą opiekował jako moją najcenniejszą własnością. Jako twój Mistrz będę cię szkolił, abyś mi się podobał i karał, kiedy tego nie zrobisz”.

Jego ręka ponownie uderzyła w jej tyłek.

Rozłożył jej nogi trochę bardziej, niż ledwo utrzymywał ją w pozycji pionowej, gdy dawał jej to, czego potrzebowała.

Tak jak on chciał ją zdominować, tak ona potrzebowała jego żądań kontroli nad nią.

Widziała i czuła, jak bardzo się podnieca za każdym razem, gdy wykonywała jego coraz bardziej pogardliwe polecenia, nawet teraz, kiedy patrzył w jej zalane łzami oczy.

„Musisz ufać swojemu Mistrzowi i być mu posłusznym, Susy”. Ponownie uderzając ją w tyłek, warknął nisko: „Dojdź dla mnie, moja mała dziwko. Bądź mi posłuszna i przyjdź po swojego pana, niewolniku”.

Położył nogę między jej nogami, kiedy obracała biodrami, pozwalając jej ocierać się o niego swoją mokrą, pulsującą cipką, patrząc, jak jej głowa odchyla się do tyłu, by jęknąć.

Owinął ramiona wokół jej drobnego ciała i przyciągnął ją do siebie, gdy zaczęła się trząść i drżeć, podniósł ją, zaniósł na wypchane krzesło i usiadł z nią na swoich kolanach, pozwalając, by brzęczenie w niej powoli zanikło.

W tej chwili nie pragnęła niczego więcej, jak tylko sprawić mu przyjemność, być mu posłuszna, troszczyć się o nią i cenić ją.

Siedziała na jego kolanach przez długi czas, czując, jak ją pieści, pieści jej włosy i plecy, gdy się uspokaja.

Nie mogąc powiedzieć, co czuła, przemyślała wszystko, co powiedziała i zrobiła.

W rzeczach, które zrobiła i pozwoliła mu zrobić jej w ciągu ostatnich trzech dni, w jej słowach zaufania i troski, przyjemności i bólu, które mu dawała.

Nieświadomie skrzywiła się, ponownie przygryzając wargę.

Jej rumieniec wypełnił jej twarz, a zakłopotanie i upokorzenie przejęły wszystkie inne emocje.

Wciąż trochę bała się jego gniewu i tego, co tak naprawdę znaczyła dla niej ta rzekoma gra, ale czuła też jego miłość do niej.

Był prawie jak postać ojca, surowy i surowy, ale kochający, kiedy wtuliła się w jego ramiona w ten sposób.

Czy to źle z jej strony, że myślała o nim w ten sposób, biorąc pod uwagę to, co zrobił i pozwoliła, by nadal jej to robił?

Nie tylko akceptował ich wybryki, ale wręcz ich zachęcał.

Doprowadziło ją to do krzyku o orgazm, ale ona go nie szukała.

Jej umysł pokręcił się od tego, co czuła.

Czuła, że chce to zrobić dla niego, silna potrzeba ucieczki od niego, którą odczuwała, odepchnęła na tyły jej umysłu, teraz zastąpiona przez pragnienie zadowolenia go, gdy zastanawiała się nad jego słowami, troską, zaufaniem i miłością .

Wyobraziła sobie, jak by to było być przez niego wyruchanym i wypełnionym jego spermą, i wiła się w jego ramionach, naciskając na jego silne, jędrne ciało.

Siedział z nią na swoich kolanach, obserwując jej twarz, wiedząc, że rozważa wszystko, co powiedział, podczas gdy on zaspokajał jej rosnące masochistyczne potrzeby.

Uśmiechnął się, gdy patrzył, jak przygryza wargę i rumieni się.

Musiał posiąść tę piękną małą dziewczynkę, ciało i duszę, aby bardziej znosiła jego ból i cierpiała dla niego, ale potrzebował, żeby przyszła do niego dobrowolnie.

Jego myśli stały się mroczniejsze i potrzebował całej siły woli, by nie odrzucić swojego planu i nie zabrać jej ciała w tej chwili, by ją opętać i zmusić do służby.

Zdecydował, że musi znaleźć jedną z firmowych dziwek, aby wyładować swoją frustrację, zanim straci determinację.

Poklepując ją lekko po plecach, obudził ją:

„ Mała suko, byłaś dziś rano bezużyteczną osobistą asystentką, więc wracaj do swojego biurka i zajmij się swoją pracą. Zawołam cię, jeśli będę cię potrzebować".

Uśmiechnął się, gdy zabawka brzęczała przez chwilę, sprawiając, że westchnęła i zrozumiała jej znaczenie aż nazbyt wyraźnie.

Pomógł jej wstać z kolan, uśmiechając się, gdy obserwował jej rozczochrany wzrok i lśniące mokre uda.

„Możesz skorzystać z mojej łazienki, żeby się umyć, ty mała dziwko, ale zostaw zabawkę tam, gdzie jest". Uśmiechnął się, kiedy spojrzała na niego przelotnie.

„Jeśli kocham".

Kiedy pospieszyła do łazienki i spojrzała na siebie w lustrze, zastanawiała się, czy kiedykolwiek przestanie się czerwienić, kiedy będzie z nim.

Szybko poprawiając makijaż i wycierając dowody przyjemności, jaką jej sprawiał, skrzywiła się, gdy odwróciła się, by spojrzeć na swój czerwieniący się tyłek.

Wychodząc z łazienki, zobaczyła, że wyszedł bez słowa i wróciła do swojego biurka, czując się dziwnie samotna bez jego stałej obecności.

WYSTAWIONY PRZED INNYMI

Kilka godzin później poczuła, że zabawka znów zaczyna brzęczeć na chwilę przed tym, jak wrócił, wyglądając na zrelaksowanego i promiennie uśmiechającego się do niej.

Odwzajemniając uśmiech na jej twarzy, kiedy go zobaczył, stanął za nią, patrząc przez ramię na jej komputer i położył obie ręce na jej piersiach, ściskając je, aż cicho jęknęła.

– Ciężko pracujesz, mój mały niewolniku?

Zanim zdążyła odpowiedzieć, patrzyła, jak Alan popisuje się z Anne, blond bombą z recepcji, u jego boku.

- Dzień dobry, panie Clarkson - uśmiechnęła się Susan, starając się zignorować fakt, że dłonie jej Pana wciąż ugniatają jej cycki, chociaż rumieniec, który pokrył jej twarz, wiele mówił.

„Susan kochanie, tęskniłem za tobą dziś rano, mam nadzieję, że nie miałeś żadnych problemów".

Pozornie zawsze żywiołowy Alan Clarkson mrugnął i zachichotał:

„Anne jest teraz moją osobistą asystentką i muszę zabrać ją na zakupy po kilka rzeczy, aby móc odpowiednio ją przeszkolić we wszystkim, co wiąże się z jej nową rolą".

Uśmiechnął się do Susan.

„Robert też chce coś dla ciebie, szczęściaro, ale musimy znać pewne rozmiary i wymiary. Chociaż z tego, co widzę, twoje szkolenie było bardzo praktyczne".

Zaśmiał się dobrodusznie i patrzył, jak ręce jego Mistrza wciąż zakrywają jej małe cycki.

– Chodźmy do mojego biura zrobić listę.

Jej Pan śmiał się razem z Alanem, podnosząc ją za cycki i stukając, by wykonała ruch.

Zabierając ją na środek pokoju, rozkazał jej, wpatrując się w nią:

„Susan, rozbierz się, żeby Anne mogła dokonać dokładnych pomiarów".

Posłał jej surowe spojrzenie, kiedy się zawahała.

Zamarła z niedowierzania, a zabawka brzęczała głośniej, co sprawiło, że westchnęła i spojrzała w górę, a on uniósł brew.

Przełknęła ślinę, lekko kręcąc głową.

„TERAZ Zuzanno!" Gniew błysnął w jego oczach, gdy na nią spojrzał.

Bawiąc się drżącymi rękoma, spuściła spódnicę, zdjęła marynarkę i bluzkę, podając je Ani, która sprawdziła rozmiary i zrobiła notatki.

„Stanik też, Susy, na razie możesz zatrzymać brudne majtki".

Nadal patrzył na nią ze złością.

Była upokorzona jego słowami i zdjęła stanik.

Odsunęli się od niej, gdy skończyła się rozbierać.

Dwaj mężczyźni podeszli do biurka swojego Mistrza, aby spokojnie przedyskutować swoją listę, obserwując ją z daleka.

Zawstydzona w środku, stała prawie naga i drżała, gdy Anne dotykała i dokonywała pomiarów różnych części jej małego ciała, w tym nadgarstków, kostek i gardła, przez czas, który wydawał się wiecznością.

Ręce blondynki zdawały się podniecać ją jeszcze bardziej, gdy zabawka brzęczała, sprawiając, że była bardziej mokra, a jej sutki niewiarygodnie twarde, co jeszcze bardziej pogłębiało jej upokorzenie.

Alan uśmiechnął się, gdy patrzył, jak Anne w końcu wstaje i nakręca taśmę mierniczą.

„Chodź niewolniku, chodźmy na zakupy!" Susan spięła się, ale wziął Anne pod ramię i wyprowadził ją z pokoju, mówiąc przez ramię. – Do zobaczenia za kilka godzin, Robercie.

Oczy Susan rozszerzyły się na słowo niewolnica skierowane do innej dziewczyny i odwróciła się, by patrzeć, jak odchodzą.

Dając jej znak, by podeszła bliżej, wskazując miejsce na podłodze za jej biurkiem, blisko niego, patrzył, jak stoi prawie naga w tym miejscu.

„Czy lubiłeś nosić te brudne majtki przez cały dzień?"

Przesunął dłonią po jej biodrze i cipce, czując jej wilgoć.

„Nie ma mistrza".

Uśmiechnął się.

„Cóż, zdejmij je i następnym razem, gdy będziesz miał ochotę założyć majtki, pomyśl o tym, jakie to uczucie".

Jego uśmiech stał się poważny.

„Nigdy więcej nie założysz niczego zakrywającego twoją małą cipkę bez mojego wyraźnego pozwolenia. Rozumiesz mnie, niewolniku? Albo twój dyskomfort będzie znacznie gorszy, obiecuję".

Jego oczy przeszukiwały jej oczy, upewniając się, że zrozumiała, że to, jak wszystkie jego rozkazy, nie podlega negocjacjom.

Zdjęła przemoczone i śmierdzące majtki, stanęła przed nim naga i drżąca, oddychając powoli i szepcząc:

„Tak, Mistrzu".

Lekko gładząc jej pośladek, pchnął ją w dół, przewracając na swoje kolana, mówiąc cicho, ale z nutą w głosie.

„Ponieważ jesteś moim niewolnikiem, kiedy proszę cię o zrobienie czegoś, czego jesteś posłuszny, czy to właściwy niewolnik?"

Nie dając mu czasu na odpowiedź i pieszcząc jej piękny tyłek kontynuował.

- Zgodziłeś się na to. Jednak po raz trzeci dzisiaj muszę cię ukarać.

Nie opuścił jej pokoju, żeby odpowiedzieć i uśmiechnął się, kiedy jęknęła.

„Twoje wahanie, kiedy poprosiłem cię o rozebranie się do naga, było nie do przyjęcia, będziesz mi posłuszny niewolniku , niezależnie od tego, kto jest w pobliżu".

Wyczuł jej napięcie, kiedy opisała swój niesmak.

„Musisz ufać, że nie narażę cię na niebezpieczeństwo. Alan jest także panem, a Anna jego niewolnicą".

Pozwoliła, by smutek i rozczarowanie wkradły się do jej głosu.

„Twoja odmowa rozebrania się na rozkaz była refleksją nie tylko na tobie, małym niewolniku, ale także na mnie jako twoim panu".

Skrzywiła się na ton jego głosu, czując się zawstydzona, że znowu go zdenerwowała, potrzeba zadowolenia go, która wcześniej ją podnieciła, sprawiła, że chciała błagać o przebaczenie.

Zaczęła błagać, ale on ją uciszył .

„Rozumiem, że jest ci przykro, niewolniku, i zasmuca mnie, że muszę cię ponownie ukarać, ale nauczysz się ufać mi i słuchać mnie we wszystkim, o co cię proszę".

Jęczała z zażenowania, podobnie jak żar, który narastał w niej od jego głaskania dłoni i zabawki buczącej głęboko w jej ociekającej cipce.

Poczuła, jak jego ręka unosi się i przygotowała się na myśl, że ją uderzy, ale zostało to zastąpione uczuciem cienkiego pręta muskającego jej skórę.

Tymczasem jego lewa ręka przesunęła się pod nią, by pogłaskać jej cipkę i dodać więcej przyjemności mieszance emocji, które przez nią przepływają.

Skręciła się pod jego dotykiem, ale pisnęła z zaskoczenia, gdy laska uderzyła ją w tyłek, wgryzając się w ciało, powodując, że podskoczyła na jego kolanach.

Poczuła, jak jego palce zatapiają się w jej cipce, a jej łechtaczka trzyma ją w miejscu, i znów krzyknęła, jej sapanie i jęki zmieniały się w bolesne miauczenie i erotyczne westchnienia, gdy walił ją jeszcze dwa razy, kontynuując zanurzanie palców w jej cipce.

Na jej skórze pojawiły się trzy piekące czerwone pręgi za każde przewinienie tego dnia.

Czuł palące pręgi na skórze, gdy okrutna laska ponownie została zastąpiona jego ręką.

Jego palce skręcały się i szarpały jej spuchniętą łechtaczkę, gdy bezlitośnie uderzał mocno w perwersyjne linie, sprawiając, że obracała się i zwijała na jego kolanach , jęcząc z bólu i podniecenia.

Patrzył, jak cudowne ciałko rumieni się na jego kolanach.

Jego radość i podniecenie stały się oczywiste, gdy patrzył, jak cieszy się i płacze za nim.

Był jej Panem, spełnieniem długo oczekiwanego życzenia.

Pod koniec tygodnia chętnie zaakceptuje swoje miejsce jako jego niewolnica lub jeśli będzie to konieczne, on weźmie ją siłą, ale wiedział, że nie może pozwolić jej odejść.

Znowu przemówił cicho i warcząc:

„Przyjdź po swojego pana, mały niewolniku. Pokaż mi, jak bardzo kochasz moją karę".

Jej ciało wiło się, wyginało, napinało i drżało, gdy eksplodowała na jego rozkaz.

Jej umysł dryfował, unosząc się na chmurze przyjemności i bólu po raz trzeci tego dnia.

Wołała go i przyszła.

NOWY STYLIZACJA DLA SUSAN

Susan obudziła się oszołomiona i zdezorientowana, wciąż naga.

Leżała w ramionach Mistrza na dużej wypełnionej pianką sofie w jego gabinecie.

Trzymał ją delikatnie, opiekuńczo, jak słodki kochanek.

Jednak jej ciało mówiło jej co innego i desperacko potrzebowała rozciągnąć obolałe mięśnie.

Delikatnie próbowała uwolnić się z jego ramion, tylko po to, by poczuć, jak się zaciska wokół niej.

Poddając się, wywinęła ręce za plecami i rozciągnęła się, czując, jak jej mięśnie protestują i czują większy ból.

Spotkała jego oczy, kiedy ją obserwował.

W końcu uwolnił jej uścisk i przesunął dłońmi po jej ciele, gdy przeciągnęła się jak kot.

"Jesteś mój." Powiedział po prostu.

Uderzył lekko w biodro,

„Robi się późno, mała Susy, spałaś przez chwilę, mam samochód, który czeka na ciebie przed frontowymi schodami i zabierze cię do domu".

Uśmiechnął się do niej delikatnie.

„Lepiej ubierz się i idź do domu, zanim znajdę więcej rzeczy, które możesz tu zrobić".

Jego oczy rozszerzyły się i roześmiał się.

„Możesz powiedzieć każdemu, kto zapyta , że zatrzymałem cię w pracy do późna w celach szkoleniowych".

Naprawdę roześmiał się na widok jej zarumienionej twarzy, kiedy wstała i spojrzała na swoją sukienkę.

Skrzywiła się, czując wir dyskomfortu, kiedy wygładzała spódnicę na swoim tyłku.

Poszła na chwilę do łazienki, aby zrobić sobie fryzurę i makijaż najlepiej jak potrafiła, po czym podeszła za biurko, by odzyskać wyrzucone brudne majtki.

Z majtkami w ręku posłusznie przedstawiła się pytając:

„Przepraszam na dzisiaj, Mistrzu?"

Uśmiechnął się do niej i wstał, by pocałować ją głęboko.

Zaskoczona, sapnęła, gdy poczuła jego usta na swoich, zaskoczona pocałunkiem.

Po wszystkim, co wydarzyło się w ciągu ostatnich kilku dni, był to ich pierwszy prawdziwy pocałunek i wtopiła się w niego.

Poprowadził ją do swojego biurka, nie przerywając pocałunku.

Ostrożnie położył ją na stole, aby mogła zabrać torbę, i powiedział cicho:

„Tak, mój niewolniku, w końcu mnie dzisiaj zadowoliłeś".

Pozwolił, by cień uśmiechu pojawił się na jego twarzy, gdy ją drażnił.

– Idź do domu, zanim zmienię zdanie.

Poklepał ją po tyłku, ciesząc się jej jękami i zostawił ją, kierując się z powrotem do swojego biura.

Byłem więcej niż zadowolony.

Ale nie wiedział, czego się spodziewać, kiedy obudzi się następnego ranka.

Zastanawiał się, czy nie posunął się za daleko w dniu swojej kary.

Uśmiechnął się do siebie .

Była urocza w swojej naturalnej uległości i chociaż w pewnym momencie dnia wydawało się, że ma odejść, została.

* * *

Samochód czekał na nią, tak jak powiedział.

Kierowca był przyjazny i kiedy był już w środku, wręczył mu torbę z lokalnej restauracji.

„Pan Robert poprosił mnie, abym przyniósł ci coś do jedzenia, ponieważ zatrzymuje cię do późna na treningu".

Uśmiechnął się na widok zaskoczenia i różu, który pojawił się na jego policzkach, gdy wzięła torbę i podziękowała.

Droga do domu była cicha.

Patrzył na nią w lustrze, podczas gdy ona wyglądała przez okno, tak naprawdę nie widząc scenerii, jej oczy pogrążyły się w myślach o swoim dniu.

Uśmiechnął się, dotykając ust palcami, myśląc o wszystkim, co się wydarzyło.

A jeśli chodzi o to, co się stało, to w jego pocałunku był opóźniony.

Prawda była taka, że lubiła rzeczy, do których ją zmuszał, rzeczy, których nigdy nie zrobiłaby sama ani ze swoim chłopakiem.

Lubiła udawać, że jest „dobrą dziewczynką", którą się popycha, zamiast przyznać, że każde nowe doświadczenie, jakie jej przynosił, ekscytowało jej umysł i ciało.

Jednak ze wszystkich tych rzeczy, to był pocałunek, który jej pozostał.

Intymność ich głębokiego, namiętnego pocałunku była tak różna od władczego, opanowanego sposobu, w jaki drażnił się i sprawiał przyjemność i ból jej ciału, sprawiając, że czuła się winna i zawstydzona, potrzebowała i pożądała.

Wiedziała, że to, co robi, będąc jego niewolnicą, nie jest w porządku i aż do dzisiejszego wieczoru zastanawiała się, jak bardzo może się mylić, zanim minie tydzień.

Znów dotknął swoich ust, ale pocałunek sprawił, że poczuł się jakoś nie tak źle.

Poczuła jego miłość i pasję do niej w tym jednym pocałunku.

* * *

Rzuciła się na łóżko i przekręciła na drugi bok, próbując zasnąć.

„Dorastałem, znając go jako członka jego rodziny, prawie jak wujka. Kochał swoją wybaczającą, kochającą dom żonę i przyjaźnił się ze swoim synem!"

Odrzuciła kołdrę i wbiła wzrok w sufit pełen poczucia winy i wstydu.

— Co się z nim działo?

Jęknęła cicho, gdy jego dłoń pieściła jej ciało, przeżywając na nowo dzień, jej złość, strach, rozczarowanie, wstyd, pragnienie, potrzebę zadowolenia go i wreszcie namiętność jego pocałunku .

Przyszła po raz czwarty tego dnia i wreszcie zasnęła.

* * *

Obudziła się i dowlekła pod prysznic, czując, jak wraca do niej poczucie winy i wstydu.

Niemal bojąc się iść do pracy i dowiedzieć się, co przyniesie jej ten dzień, poczuła się chora i przez chwilę zastanawiała się, czy nie zadzwonić, zanim potrząsnęła głową.

Panika opuściła ją, gdy wyszła z łazienki i zaklęła cicho, gdy zdała sobie sprawę, że się spóźni.

Szybko się ubrała i zbiegła po schodach, by wylecieć przez drzwi.

Wybiegł, by zostać bezpośrednio złapanym w ramiona swojego kierowcy z poprzedniego dnia.

Złapał ją, gdy zaczęła biec do autobusu.

„Suzanna"

Ona spojrzała w górę.

- Uspokój się dziewczyno. Pan Robert przysłał mnie dziś rano po ciebie.

Cofnęła się o krok i otworzyła drzwi, które prowadziły ją do samochodu.

Zgodziła się potulnie, oszołomiona jego obecnością.

Kiedy wsiadał, zobaczył dwa pudła postawione na siedzeniu obok niego.

Jedna zawierała cynamonowe ciasteczka ozdobione uśmiechniętymi buźkami i jej ulubiony sok.

A w większym pudełku była notatka zaadresowana do niej.

Ona czyta:

„Dzień dobry mój niewolniku, mam nadzieję, że dobrze spałeś, zamierzam się tobą opiekować jak moim najcenniejszym skarbem, ale musisz się jeszcze wiele nauczyć, jak zadowolić swojego Pana. Jesteś młoda i piękna, nie powinnaś nosić te staromodne ubrania robocze, które wybrała ci mama. Zjedz szybkie śniadanie i załóż garnitur z tego pudła, zanim pójdziesz do pracy. Nie martw się o kierowcę, zaufaj i słuchaj Roberta."

Dotykając ramienia kierowcy, zapytała, czy może zatrzymać się w kawiarni albo gdzieś z łazienką, ale potrząsnął głową.

– Nie. Kazali mi cię dalej przyciągać, panienko.

Leżała, jedząc i zastanawiając się, co robić.

Nie chciała zostać ukarana w chwili, gdy weszła.

Skończywszy ciastka i sok, usiadła w kącie samochodu i przycisnęła kurtkę do piersi, przebierając się w białą jedwabną bluzkę, którą wyjęła z pudełka.

Jej sutki stwardniały i przebiły się przez miękki materiał na myśl o spojrzeniu kierowcy na nią, ale nie zamierzała patrzeć w lusterko, żeby to sprawdzić.

z pudełka plisowaną granatową spódnicę i pochyliła się, by zakryć swoją nagość.

Zdjęła spódnicę i włożyła nową na swoje miejsce.

Starając się zrobić wszystko, co w jej mocy, założyła plisowany top i spódniczkę zamiast topu i spódnicy, które miała na sobie.

Wyjął z pudła małą kurtkę i położył ją na siedzeniu obok siebie, sprawdził pudło, aby upewnić się, że jest już puste.

Znalazła parę białych koronkowych pończoch do ud i mniejszą notatkę...

„Trzymaj spódniczkę w górze, gdy założysz pończochy , a kierowca da ci ostatnią część twojego stroju. Zaufaj i bądź posłuszny, mały niewolniku. Robert"

Zawstydzona doszła do wniosku, że prawdopodobnie i tak obserwował, jak się przebiera, więc podwinęła spódnicę i z powrotem wciągnęła pończochy, gumka przylegała do jej ud.

Kierowca uśmiechnął się do lustra i wręczył jej parę granatowych butów na wysokim obcasie, pasujących do garnituru.

Z zaczerwienioną twarzą wzięła buty z cichym „dziękuję" i włożyła swoje ubrania do pustego pudełka.

Odchylił się do tyłu, włożył buty i przez resztę podróży unikał wzroku kierowcy.

* * *

Wysiadając z samochodu i wkładając marynarkę, odkryła, że jej szerokie klapy otaczają jej okrągłe piersi, a dwa niskie guziki odciągnięte od talii poszerzają jej małe biodra.

Wygładzając krótką plisowaną spódniczkę, która ledwo zakrywała jej pończochy, pochyliła się do samochodu.

Zdając sobie sprawę, że jest już za późno, by było widać jej nagie pośladki, chwyciła pudełko swoich starych ubrań i szybkim krokiem ruszyła w stronę budynku, ignorując uśmiech na twarzy kierowcy.

Podziękowała mu za wycieczkę, a on życzył jej miłego dnia.

* * *

Dotarła do swojego biurka, wcisnęła pod niego swoją torbę i pudełko i weszła do jego gabinetu, w milczeniu czekając, aż to zauważy, kiedy kończy rozmowę telefoniczną.

Uśmiechnął się delikatnie i wskazał miejsce przed swoim biurkiem.

Nerwowo podeszła w swoich butach na wysokim obcasie, idąc dalej do biura.

Stała twarzą do niego, gdy okrążał jej biurko i przyglądał mu się w milczeniu.

Jego ręka przesunęła się w górę jej uda i pod krótką spódniczką, by chwycić i ścisnąć jej tyłek, uśmiechając się, gdy przygryzała wargę i wstrzymała oddech.

„Cóż, mój mały niewolniku, zadowoliłeś mnie swoim posłuszeństwem. To jeden ze strojów, które wczoraj wybrał dla ciebie niewolnik Alana, podoba ci się?"

„O tak, Mistrzu. Dziękuję bardzo."

Jego dłonie obejmowały jej śliczne cycki i bawiły się jej sutkami przez przezroczystą tkaninę, sprawiając, że były twarde jak groty strzał.

"Zdejmij kurtkę."

Obserwując jej wyraziste oczy, zacieśnił uścisk, ściskając twarde guzki między palcami, gdy zrzucała kurtkę .

Jej oddech przyspieszył do sapnięcia, jej oczy rozszerzyły się i wydobył się z niej jęk.

„Taki uroczy mały lis, mój kierowca był pod wrażeniem".

Jego oczy przesunęły się po niej.

„Miałem rację, w tym stroju można by uchodzić za niegrzeczną uczennicę".

Cofnął się o krok, swobodnie opierając się o biurko i obserwując, jak się rumieni.

„Niewolnica rozbierz się ze wszystkim oprócz butów i pończoch. Są jeszcze inne rzeczy, które chciałbym, żebyś założyła, zanim zaczniemy nasz dzień".

Odwracając się do niej, gdy zdejmowała ubranie, pogłaskał ją delikatnie po plecach, po czym uderzył go i nachylił się do jego ucha, by warknąć:

„Mistrzu podoba się rumieniec na twoich pośladkach".

Ściskając mocno jej tyłek, aż jęknęła, uśmiechnął się i znów ją uderzył.

Wziął ją pod ramię i poprowadził wokół biurka, sadzając ją obok siebie, gdy sam zajął miejsce.

„Uklęknij, niewolniku".

Uklękła, gdy ją obserwował.

- To jest właściwe miejsce niewolnika i dzisiaj się go dobrze nauczysz. Kiedy do mnie przyjdziesz, zawsze będziesz klękać.

"Tak jest"

Patrzyła, jak otwiera szufladę i wyjmuje kilka złotych łańcuszków, po czym ponownie się do niej odwraca.

Mówił cicho, ale surowo.

„Są rzeczy, które będziesz dla mnie nosić, a które nie są ubraniami. Załóż ręce za szyję i trzymaj je tam". Patrzył, jak zdumienie maluje się na jej twarzy, gdy przesuwała ręce za jego szyją, splatając ich palce.

Przyjrzał się krytycznie jej pozycji, wyciągając rękę, by wyregulować jej łokcie, odciągając je do tyłu, sprawiając, że wygięła się w niego i wypchnęła jej cycki do przodu.

Z grubsza gładząc je i drażniąc sutki z jeszcze większym szczypaniem, przemówiła ponownie.

– Nie mam zamiaru wymagać, żebyś je przekłuła, ale chcę, żeby były odpowiednio udekorowane.

Wybrał łańcuszek i szarpnął jej sutki przez małe kółka na każdym końcu łańcuszka.

Były wystarczająco ciasne, aby utrzymać łańcuch, ale bez uszkodzenia skóry.

Pociągnął za łańcuch i uderzył ją w lewą pierś, sprawiając, że jęknęła i zaszkliła oczy.

Łańcuszki zacisnęły się wokół jej sutków, a klatka piersiowa nabrzmiała.

Po kilkukrotnym uderzeniu jej w cycki, chwycił łańcuch i mocno szarpnął, rozciągając ciało jej piersi, zanim łańcuch odpadł.

Jęczała, drżała, a łzy spływały jej po policzkach od użądlenia.

Jego penis drgnął, gdy na nią spojrzał.

Powtórzył ten proces, ściskając i ściskając jej sutki i uderzając w cycki, próbując pięciu różnych łańcuszków, szarpiąc każdy z jej sutków silnymi szarpnięciami, próbując kolejnego łańcuszka.

Łańcuch, który w końcu wybrała, był ozdobiony małymi dzwoneczkami zwisającymi z pętli, które brzęczały przy każdym jej uderzeniu.

Do tej pory miała łzy w oczach z bólu, gdy ponownie poprawiał swoją postawę.

Używając buta do odepchnięcia się od kolan, warknął.

„Rozłóż uda, mała dziwko, chcę zobaczyć, jak twoja cipka lśni, podczas gdy ty cieszysz się bólem, który ci zadaję".

Rumieniec na jej twarzy prawie pasował do czerwonych odcisków dłoni, które pokrywały jej cycki, gdy jej klatka piersiowa falowała.

Poczuła, jak jej cipka kurczy się i kapie bardziej na jego słowa.

– Jak mogłem się tym cieszyć?

Jego pierś falowała z gorąca i bólu.

"Musi być ze mną coś nie tak, to nie było normalne. Nie było między nimi delikatnych pieszczot ani żądnych spojrzeń. Tylko komendy, posłuszeństwo, ból i przyjemność."

Jej umysł wrócił do wczorajszego pocałunku, a jej usta drżały wraz z ciałem, kiedy zadrżała na wspomnienie emocji, które czuła.

Naciskając butem na jej cipkę, potarł palcem stopę pod skórą na jej spuchniętej łechtaczce i patrzył, jak jej dyszenie wzmaga się, a jej ciało drży, sprawiając, że małe dzwoneczki dzwonią wesoło na jej obolałych czerwonych cyckach.

Widział żar w jej oczach, gdy biodrami przetaczała się po butach, ocierając się o nie.

Nadal bawił się jej cipką, pocierając twardą skórą jej spuchniętą łechtaczkę i cieknącą dziurę.

Jej ciało nadal falowało i kołysało biodrami o but, szukając w tym przyjemności.

Przeczesał palcami włosy i skręcił je, gdy szarpnął jej głowę do tyłu i pochylił się, by prawie przycisnąć usta do jej dyszących ust, szepcząc szorstko:

„Przyjdź dla przyjemności swojego pana, ty mała lisicko, która lubi ból. Jesteś moja".

Patrzył, jak wygina się mocniej w jego bucie, napinając się i drżąc, zanim krzyknęła, gdy jego sperma zakryła jej uda i but.

– Była taka piękna, klęcząc przed nim w ten sposób.

Spojrzał jej w oczy, gdy jego kutas stwardniał boleśnie w spodniach.

Trzymał rękę w jej włosach, rozluźniając swój silny uścisk, by pogłaskać ją, gdy się uspokoiła.

Jej drżące nogi zgięły się, by podwinąć jej pośladki na piętach.

Kiedy dochodziła do siebie po biegu, powiedział jej:

„Wytrzyj mi buta, niewolniku"

Widząc, jak zaczyna się ruszać, by podnieść rękę, zacisnęła dłoń na jego włosach i pchnął jej głowę w dół.

„Swoim językiem, mały lisie, posmakuj, jaki jesteś słodki".

Patrzył, jak jej głowa pochyla się z uwielbieniem do stóp i uśmiechał się.

Jej nos zmarszczył się z niezadowolenia, a jej twarz poczerwieniała, gdy zlizała soki z buta.

Przytrzymał ją przy swoim bucie, dopóki nie był zadowolony, że skończyła.

Odpychając jej stopy, objął ją ramieniem, gdy wstała na buty na wysokim obcasie, a dzwoneczki zwisające z jej sutków pobrzękiwały słodko.

„Masz dziś dużo do zrobienia, niewolniku, więc ubierz ten swój mały, napalony tyłek".

Podkreślając to poklepaniem po pupie, odchylił się do tyłu i patrzył, jak zapina bluzkę na jej ozdobione cycki.

Łańcuszek, który sprawiał, że jej sutki cudownie wyróżniały się na tle czystego jedwabiu, a dzwoneczki były wyraźnie widoczne pod nim.

Spoglądając na otwartą szufladę, włożył nieużywane łańcuszki i sięgnął po jeszcze jeden przedmiot, po czym wstał i przyjrzał się jej, kiedy skończyła się ubierać.

Ściskając jej okryte jedwabiem sutki, przyciągnął ją do swojego biurka, po czym puścił palce, pchnął jej twarz w dół i znów uderzył w pośladki.

Jęknęła, a jej oczy znów zaszły łzami, gdy zdała sobie sprawę z nieustannego bólu i ciepła, które zasypywał ją tego ranka.

Zadrżała, gdy wyjaśnił, że dziś rano będzie miał na sobie jeszcze jedną rzecz i im szybciej wykona zadania, które jej zlecił, tym szybciej ją zdejmie.

Patrzyła z ciekawością, jak trzymał mały różowy plastikowy przedmiot przed swoją twarzą.

Ta była w kształcie małej marchewki, ale jej ciekawość została zastąpiona strachem, gdy wyjaśnił, gdzie jej użyje.

Wiła się pod jego uściskiem na plecach, jej nogi napierały na jej.

Czuł swojego twardego kutasa w spodniach.

Jej umysł wypełniły obrazy, jak on ją bierze, gdy jego silny uścisk słabnie, by pieścić ją delikatniej.

Jego głos szeptał cicho do jej ucha, by ją uspokoić.

Widząc strach w jej oczach, prawie się zatrzymał, ale tak dobrze sobie radziła w posłuszeństwie wobec wszystkiego, czego pragnęła tego ranka.

Musiała wiedzieć, że nic nie jest jej zakazane w tym, o co ją poprosi, więc nachyliła się do jej ucha i szepnęła:

„Ty, mój niewolniku, będziesz to nosił, ponieważ jestem twoim panem i sprawia mi to przyjemność".

Jego ręka zostawiła zabawkę na biurku, gdy pieścił miękką skórę jej pupy.

„Mały niewolniku, chcesz zadowolić swojego Pana, prawda?"

Mówił i głaskał ją jak płochliwe zwierzątko.

Szepcząc o jego potrzebie posiadania każdej jej części, opanowania jej i posiadania jej całkowicie.

Przesuwając dłonią pieszcząc gorące różowe ciało jej pośladków, przesuwając palcem między jej dolnymi policzkami do jej mokrej, małej pizki, droczył się z nią, delikatnie głaszcząc jej dolne policzki, ponownie rozsmarowując jej soki, ale tym razem na ciemnej, pomarszczonej jej dziura, jego tyłek.

Trzymając zabawkę przed twarzą, szepnęła:

„Będziesz to nosił, niewolniku, dla mnie, twojego Pana".

Przetoczył zabawkę po jej mokrej cipce, zakrywając ją swoją spermą, a następnie przycisnął ją do jej pupy.

Widząc, że jest napięta i zaciśnięta, podniósł rękę zza jej pleców i lekko poklepał ją po plecach.

„Zrelaksuj się mały niewolniku, zaufaj swojemu Panu".

Nacisnął mocniej małą zatyczkę, obserwując, jak jej pierścień analny powoli zaczyna się rozciągać wokół niego.

Poczuła, jak przepływają przez nią fale sprzecznych emocji.

Ponieważ była na jego łasce, przygryzła wargę, wiedząc, jak bardzo jej na nim zależy.

Jego penetrujące palce ponownie rozgrzały jej wrażliwą cipkę, gdy poczuła, jak jego druga ręka bawi się jej pośladkami.

Zadrżała, gdy usłyszała jego szepty i poczuła jego twardego kutasa na swoim biodrze.

Podczas gdy on wziął zabawkę i bawił się jej cipką i tyłkiem, aż nie mogła już tego znieść i znów jęczała i poruszała biodrami.

Poczuła, jak wkłada wtyczkę z powrotem do jej pośladków i przyciska ją do niej.

Napięła się, a on ją uderzył.

Zamknęła oczy i wzięła głęboki oddech, miaucząc z powodu dziwnego uczucia, że jej tyłek jest zjebany.

Czuła się w niej tak wielka, ale wiedziała lepiej.

Jej umysł kręcił się między ciepłem jej mokrej cipki a uczuciem nie tyle bolesnym, co podniecającym w jej pośladkach, gdy jego pierścień analny zacisnął się wokół zatyczki, aby utrzymać ją na miejscu.

Warknął, gdy patrzył, jak wtyczka znika w dziewczynie, która na niego kwiliła.

Pragnąc zobaczyć jej twarz, gdy nosiła zatyczkę, podniósł ją tak, że spódnica opadła na miejsce, zakrywając jej tyłek.

Kiedy patrzyła na niego mokrymi oczami i rumieńcem świecącym na jej policzkach.

Klepnął ją w tyłek, jego palce szukały wtyczki i bawiły się nią, obserwując emocje pokrywające jej twarz.

Uśmiechnął się do jej miękkiej twarzy, kiedy pochylił się, by pocałować jej drżące usta.

„Dziś rano bardzo mi się spodobałeś, mój niewolniku. Ale powiem ci, że to będzie dla ciebie dość długi dzień. Więc jeśli masz jakieś plany na dzisiejszy wieczór, muszę je odwołać. Pomyśl o jakiś pretekst". Uśmiechnął się do niej.

„I możesz powiedzieć swoim rodzicom, że pójdziesz ze mną na kolację dla partnerów biznesowych, ponieważ będę potrzebował twoich niezwykłych i unikalnych umiejętności".

Słuchała, jak przygryza wargę, rumieniąc się, gdy bawił się zatyczką w jej tyłku i zaciskaniem jej cipki na jego słowa.

— Spodobała mu się!

Była zaskoczona tym, jak się czuje, gdy jego pocałunek dodaje przyjemności do jej radości.

Zrobiła krok do przodu, by otrzeć się o jego penisa, zdając sobie sprawę, jak bardzo chciała poczuć go w sobie, zamiast zabawek, których kazał jej używać na co dzień.

Uświadomienie sobie tego sprawiło, że jej policzki zapłonęły jeszcze bardziej, a umysł naśladował jej władczy ton:

- Ty, mała Susy, zostałaś jego dziwką.

Nie mogła powstrzymać uczucia radości, jakie odczuwała, gdy sprawiła mu przyjemność w świetle wczorajszych rozczarowań.

Na chwilę ogarnął ją wstyd i upokorzenie z powodu tego, jak bardzo mu się podobała.

Uniósł jej głowę pod brodę i spojrzał jej w oczy widząc jej sprzeczne emocje, uśmiechnął się i pocałował ją głęboko.

Znowu się roztopiła.

***

Siedząc niewygodnie przy biurku, zadzwoniła do rodziców, żeby powiedzieć im, że idzie na kolację do pracy, przyjaciółkę, z którą miała się spotkać na kawę po pracy, i chłopaka, którego już odłożyła na weekend.

Rozmowy telefoniczne zostały więc szybko przerwane, a ona natychmiast wysłała swojemu Mistrzowi wiadomość, aby go o tym powiadomić.

Zawołał ją z powrotem do swojego biura, a ona weszła do pokoju, zamykając za sobą drzwi i podchodząc do biurka, zanim uklękła, by stanąć przed nim.

Zbadał go i poprawił jego położenie, zanim kontynuował.

Słuchała z uwagą, jak wyjaśniał pozycję klęczącą niewolników: otwarte kolana, ręce za plecami, głowa lekko pochylona w jego stronę, usta rozchylone.

Wyjaśniła pozycję siedzącą niewolnika, która była bardzo podobna do klęczenia, gdzie mogła oprzeć kolana, siedząc z pośladkami opartymi na piętach.

Jeśli poproszono ją o pokazanie się, kiedy klęczała lub stała, splatała ręce za szyją i cofała łokcie i ramiona, tak jak robiła to wcześniej.

Poprosił go, aby to przećwiczył, dając mu jednowyrazowe polecenie uklęknięcia, siedzenia lub pokazania się, podczas gdy on opowiedział mu zadania na resztę dni.

W sali konferencyjnej w jego biurze odbywał się późny lunch z przyjaciółmi z jego klubu.

Dzisiaj nie musiałbyś gotować ani podawać posiłków, ale innym razem byłoby to częścią twoich obowiązków.

Surowo ostrzegł ją, że nie może wahać się wykonać dzisiaj jego rozkazów, w przeciwnym razie kary znacznie przewyższą to, czego doświadczyła wczoraj.

Wzdrygnęła się i szepnęła:

"Tak mistrzu".

„Zaufasz mi, mała Susy, że ze wszystkich rzeczy, które posiadam, jesteś najcenniejsza".

Spojrzał jej w oczy i zobaczył, że jej oczy rozszerzyły się z zakłopotania.

"Tak niewolniku, jesteś moją własnością. Jesteś cennym skarbem i jesteś mój."

Jego mózg krzyczał do niego:

„Jeden tydzień zaakceptowałem, to była gra!"

Jej umysł się kręcił, „nawet nie pamiętała, jak wyraziła zgodę na ten tydzień. Jak się na to zgodziła? Mówiła tak, jakby chciała zatrzymać ją jako swoją niewolnicę na zawsze!"

Na jego twarzy widać było rosnące poczucie strachu na chwilę przed tym, jak jego usta zetknęły się z jej ustami w głębokim, namiętnym pocałunku.

Mogła wyczuć jego tęsknotę, jego potrzebę jej, jego miłość w tym pocałunku i wtopiła się w swój umysł, puszczając go wypytując, przypominając sobie, że obiecał, że porozmawiają pod koniec tygodnia.

Przerywając ich pocałunek, wstał, zostawiając ją klęczącą bez tchu tam, gdzie była, i odwrócił się z powrotem do swojego biurka.

Na skraju biurka położyła kilka teczek, które miała wręczyć osobiście niektórym dyrektorom w ustalonej przez siebie kolejności, a także listę wyszczególniającą różne zadania dla całej firmy, w tym sprawdzanie przetwory do obiadu.

Przyjęła wszystko, co jej wyjaśnił i powiedziała cicho:

„Tak, Mistrzu", kiedy wydawało się, że skończył, ale ona pozostała tam, gdzie była, dopóki nie powiedział jej inaczej.

Spoglądając na zegarek, zaproponował:

„Lepiej się pospiesz mały niewolniku, szkolenie zajęło więcej czasu niż planowałem, a masz jeszcze dużo do zrobienia, zanim przybędą moi goście."

Nagle wrócił do swojej pracy, a ona klęczała przez zdezorientowaną chwilę, po czym wstała, wzięła akta i listę i wróciła do swojego biurka, by uporządkować zadania i jak najlepiej sobie z nimi poradzić.

Wysłała mu natychmiastową wiadomość, aby poinformować go o jej odejściu z biura.

„Pospiesz się niewolniku. Masz dwie godziny. Nie marudź, bo za każde dziesięć minut spóźnienia ukarzę cię"

Wyświetliła wiadomość zwrotną na ekranie i pospiesznie odeszła.

Odkryła, że jej nowe, wyższe niż zwykle szpilki sprawiają, że jej biodra kołyszą się bardziej, a plisowana spódnica podskakuje i podskakuje przy każdym kroku.

Przyłożył akta do piersi, żeby dzwonki nie dzwoniły.

Prawie poleciał do kuchni i innych zadań, zanim przekazał pliki, aby chronić się tak długo, jak to możliwe.

Uśmiechając się i niewiele mówiąc, gdy szła sprawdzić kuchnię i inne drobne, łatwe do wykonania zadania, była doskonale świadoma łańcucha i wtyczki, której użyła dla niego, martwiąc się, że ciągłe ciepło między jej nogami stanie się oczywiste dla każdego osoba , przez każdego, kto ją widział.

Spojrzał na zegarek, zadowolony z tego, jak długo mu to zajęło, iw końcu zaczął osobiście dostarczać akta i notatki kierownictwu.

Świadoma tego, jak krótka była jej spódniczka i jak cienka bluzka była na jej przykutych łańcuszkami piersiach bez stanika, rumieniła się wściekle, gdy oczy adresatów wędrowały po niej lub zatrzymywały się na niej zbyt długo.

Próbowała zatrzymać akta, które przyklejały się jej do piersi, ale najczęściej prosili ją, by położyła je na stole i poczekała, aż sprawdzą, co im przyniosła.

* * *

Mimo że nieustannie spoglądała na zegarek, zdała sobie sprawę, że już spóźni się na powrót do swojego biurka, kiedy dotrze do swojej ostatniej sprawy, czyli do biura Alana Clarksona.

Widząc uśmiechniętą Anne przy biurku, Susan zarumieniła się i podeszła.

"Dziękuję za piękny garnitur, Anne. Pasuje mi idealnie." Susan prawie szepnęła.

Ania roześmiała się radośnie.

„Widzę, jak dobrze na tobie wygląda! Och, kochanie, myślę, że wygląda fantastycznie, chociaż już myślałem, że będzie świetnie wyglądać na tobie. Pozwól, że powiem Mistrzowi, że tu jesteś, a on też będzie chciał cię zobaczyć!"

– Mam dla niego akta.

Wykrzyknęła, zszokowana, gdy zdała sobie sprawę, że Anne była również niewolnicą.

Susan spojrzała na nią bardziej krytycznym wzrokiem, zauważając sposób, w jaki była ubrana.

„Świetnie. W ten sposób osiągnęliśmy dwa cele podczas jednej wizyty" – mrugnął, po czym ponownie się roześmiał, wpisując wiadomość błyskawiczną na ekranie i czekając na odpowiedź.

Roześmiała się z jego odpowiedzi, wyjaśniając, że podoba mu się analogia dwóch bramek.

Wychodząc zza biurka, wziął Susan pod ramię i poprowadził ją do gabinetu Alana Clarksona.

Alan wyszedł zza biurka.

„Daj mi akta i pozwól mi spojrzeć na siebie, Susan, kochanie".

Patrzył na nią jak głodny wilk sięgający po akta.

Zarumieniona głęboko, podała mu akta.

Wydał z siebie dźwięk „hmm" i okrążył ją.

– Pochwal się, mała Susan.

Jej oczy rozszerzyły się i spojrzała na jego twarz w poszukiwaniu żartu, ale go nie dostrzegła, więc rozszerzyła swoją postawę i uniosła ręce do karku za szyją.

„Och, małe dzwoneczki, jakie urocze. Wiedziałem, że spodobają mu się„ dzwoneczki dla jego Susan ".

Roześmiał się głośno i klepnął Anię w tyłek, mówiąc:

— Nie powiedziałem ci!

Nie wiedząc, co robić i nie chcąc wyglądać na nieposłuszną, zanim ten Mistrz ponownie zajął jej miejsce, kiedy na nią patrzył, stała nieruchomo.

„Pomiń Susan, chcę usłyszeć dzwony".

Podskoczyła, a on pomachał jej, by kontynuowała.

Próbowała, ale jej skoki były niewielkie, gdy chwiała się na swoich butach na wysokim obcasie, krzywiąc się, gdy jej spódnica unosiła się i opadała, odsłaniając pod nią swoją nagość.

przewróciła , dopóki nie wyciągnął ręki. i chwycił ją za ramię, żeby ją podtrzymać.

„Dziękuję, panie Clarkson". sapnęła.

„Wiesz, Susan, masz najładniejsze sterczące cycki, jakie widziałem od dłuższego czasu. Powinnaś pomyśleć o przekłuciu sutków. Cycki będą wyglądać jeszcze bardziej atrakcyjnie i nieodparcie dla twojego Pana". – powiedział bardzo poważnie Alan, przyglądając się jej.

Zbladła, gdy mówił.

Musiał zobaczyć wyraz jej oczu, gdy szybko odwróciła się do Anne.

„Zdejmij koszulę, żeby Susan mogła zobaczyć twoją".

Zwrócił się do Zuzanny.

„Zrobiła je wkrótce po dołączeniu do firmy".

Susan spojrzała na blondynkę, która nie była w stanie spojrzeć Alanowi w oczy, kiedy zarumieniła się jeszcze bardziej.

Ania miała na sobie stanik, który nie zakrywał jej dużych piersi, a raczej podtrzymywał je jak na półce.

Jej piersi były ozdobione długimi, szerokimi, złotymi pierścieniami, zwisającymi z jej sutków.

Susan zamarła, dopóki Alan nie zahaczył palcem o lewą obręcz i uniósł ją, zmuszając jej pierś do rozciągnięcia się w kształcie stożka, co spowodowało gardłowy jęk Anne.

Alan oblizał usta i uśmiechnął się.

– Jest po prostu piękna, nie sądzisz, Susan?

„Tak, panie Clarkson".

„Nie można się oprzeć, jak powiedziałem, ale wszyscy musimy pracować, zanim będziemy mogli grać". Obrócił do niej swój zaraźliwy uśmiech i mrugnął: „Lepiej biegnij do swojego biurka, Susan, twój Mistrz na pewno będzie na ciebie czekał. Daj mu znać, że przejrzę akta dzisiaj przed lunchem. Do zobaczenia". ".

Zachichotał i odesłał ją z powrotem, wciąż trzymając jęczącą Anne za złoty pierścień.

– Tak, panie Clarkson – powiedziała Susan, odwracając się i prawie wybiegając z biura, cicho zamykając za sobą drzwi.

Biorąc głęboki oddech , by się uspokoić, pospieszył z powrotem do gabinetu swojego Mistrza.

Nie chcąc zatrzymywać się ani rozmawiać z nikim w drodze powrotnej do swojego biurka, szła ze spuszczoną głową, ukrywając rumieniec i garbiąc się, by ukryć brzęczenie cycków.

Dotarł do jej biurka w rekordowym tempie i wysłał jej wiadomość błyskawiczną, aby powiadomić ją, że wróciła.

POKÓJ KAR

Zadzwonił do niej natychmiast.

Wszedł do swojego biura i padł na kolana tuż za drzwiami.

Wstając i idąc w jej stronę przy wejściu do pokoju, warknął:

„Chodź za mną. Spóźniłeś się".

Zerwała się na równe nogi i pobiegła za nim do sąsiedniego pokoju, zaledwie kilka kroków za nim.

Ten pokój miał dziwną dekorację.

Odwrócił się.

„Rozbierz się, ale zostaw skarpetki".

Szybko wykonała jego rozkaz, posłuchała go bez namysłu, stała naga i drżąca, a dzwoneczki na jej piersiach dzwoniły.

Jej uwagę zwrócił na niego, gdy patrzyła, jak otwiera szufladę i wyciąga biały gorset.

Stając za nią, owinął gorset wokół jej ciała i zaczął wiązać ją ciasno wokół talii.

Klapki miseczek podążały za krzywizną jej figlarnych piersi i kończyły się tuż pod sutkami.

Małe, twarde, przykute do łańcuchów różowe pąki sterczały ponad złotym łańcuszkiem i dzwoneczkami , dodając swoje jęki do ich jęków.

Tymczasem ona stała nieruchomo, patrząc tępo w ścianę, a potem skupiając się na swoich dłoniach, doceniając uczucie gorsetu, którym ją wiązał.

Poklepał ją po plecach, kiedy skończyła.

Pisnęła bardziej ze zdziwienia niż z bólu, gdy podniósł ją jak lalkę i rzucił nią, przyszpilając ją do wyściełanej belki, która była częścią dziwnych mebli w tym pokoju.

Była wysoka i złapała się na tym, że zwisa za nogi i kopie belkę, by odzyskać równowagę, kiedy ponownie uderzyła ją w tyłek.

Odsunął się nieco, prosząc ją.

„Czemu zajęło ci to tyle czasu, mały niewolniku? Czy zmarnowałeś czas, aby wszyscy dyrektorzy zobaczyli, jaką zdzirą jesteś ze swoimi nowymi ubraniami i dodatkami?"

Jęknęła, rumieniąc się jeszcze bardziej.

Jej twarz zrobiła się szkarłatna, gdy ręka odcisnęła się na jej pośladkach.

Poczuła, jak porusza się i ociera o nią, gdy jego palce rozsuwają jej pośladki, pieszcząc ją.

Spojrzała na niego przez ramię, gdy on patrzył na jej tyłek i zarumieniła się jeszcze bardziej, jej upokorzenie spowodowane niezadowoleniem go i bezbronną pozycją, którą sprawiała, że kuliła się na jego słowa.

Jej oddech był utrudniony przez ciasny gorset, więc zaczęła dyszeć i jęczeć.

Jego ręce rozchyliły jej pośladki i spojrzał na upartą zabawkę, gdy drżała, ściskając go tyłkiem.

Przesuwał dłońmi po jej gładkiej skórze i rozkoszował się faktem, że może dominować i cieszyć się nią tak, jak sobie tego życzy.

Obserwując jej błyszczącą mokrą cipkę, gdy jego palce bawiły się zatyczką, warknął:

„Widzę, że podobało ci się noszenie tego dla mnie, ty mała dziwko".

Mówił z nutą w głosie, gdy lekko ścisnął zatyczkę, tak że jej odbyt powoli znów rozciągał się przed jego oczami.

Jęknęła, prawie bez tchu.

"Tak mistrzu".

Uśmiechnął się, ciesząc się widokiem i dźwiękiem tego doskonałego, małego ciałka.

Jego żałosna muzyka w jej uszach, gdy wyjął zatyczkę, powoli obserwując, jak pierścień jej odbytu powoli otwiera się i zaciska jak ciasna, ciemna gwiazda.

Jeszcze raz szydził z niej palcem:

„Każda część ciebie jest moja, mały niewolniku! Nic nie jest poza zasięgiem twego Pana".

Jego palec wbił się w nią, słysząc jej krzyk w odpowiedzi na niego.

Mógł wyczuć jej głód, który ledwo kontrolował, więc cofnął rękę i cofnął się przed jej warknięciem:

– Rozumiesz, że muszę cię teraz ukarać za spóźnienie, prawda?

"Tak jest."

Poczuła ukłucie w pośladkach, nie tak silne jak wczoraj, ale wystarczająco silne, by sapnęła i ponownie straciła równowagę na belce, gdy szarpnęła się i zakołysała.

Czuł pręgę, palące mrowienie na ciele i zaczął wyrzucać przeprosiny i wymówki.

Uciszył ją kolejnym kłującym trzaskiem bata.

Kontynuując, gdy jego palce przebiegały przez dwa brzegi.

- Musiałeś marnować czas, skoro spóźniłeś się czterdzieści pięć minut.

Bicz uderzył ją ponownie, dwa razy z rzędu, a ona wrzasnęła i szarpnęła się na belce.

"I przez dodatkowe pięć minut..."

Bicz wylądował twardo na jej udach.

Jęknęła, łzy spływały jej po twarzy, gdy piekące pręgi promieniowały palącym bólem wzdłuż jej ciała.

Widział, jak jej cipka lśni od wilgoci, więc przesunął bicz między jej nogi, pocierając płaską, skórzastą końcówką jej łechtaczkę.

Westchnęła i szarpnęła się.

Nadal się z nią bawił , wyciągając palec w jej pośladki, kiedy drżała i jęczała, jej biodra kołysały się między jego dłonią a biczem przyciśniętym do jej spuchniętej łechtaczki.

Zaczął wbijać w nią swój najsilniejszy palec, dodając drugi, kiedy szarpała się i miauczała w potrzebie.

Doszła gwałtownie, prawie spadając z belki, ale jego ręka wbiła się w jej pośladki.

„Jaka z ciebie niegrzeczna suka, prawda? Jak ty lubisz ból"

Odsunął od niej palce, obserwując, jak jej ciało drży w spazmach.

„Musisz poczekać, aż twój pan powie ci, kiedy możesz dojść, niewolniku".

Bicz ponownie wbił się w jej ciało i krzyknęła.

– Rozumiesz mnie, niewolniku?

"Tak jest."

Zawyła, gdy bicz ponownie posłał piekący ból w górę jej ud.

Raczej poczuła niż zobaczyła mały, rozciągliwy pasek materiału, który podwinął jej nogi i osadził wokół bioder, zanim podniósł ją z belki na drżące nogi.

Spojrzała w dół, pasek materiału był na tyle szeroki, że zakrywał jej płeć iw pierwszej chwili pomyślała, że może to być pasek.

„Niewolnik z pokazu", powiedział, podnosząc ręce do pasa, przy każdym ruchu poszerzając i dopasowując pozycję ud i tyłka.

Teraz zdała sobie sprawę, że to była jakaś spódnica na pokaz.

Podeszła do szafy i wyjęła parę białych butów na obcasie, kładąc je u swoich stóp, aby mogła je założyć.

Okrążył ją, przesuwając palcami po czerwonych krawędziach widocznych pod efektowną spódnicą.

„Nigdy nie widziałaś siebie bardziej Susan niż teraz, Susy".

Pochyliła się, całując ślady łez pod jej wciąż łzawiącymi oczami, mówiąc cicho.

„Mmm, moja mała dziwko, uwielbiam patrzeć na twoje przejawy niepokoju, ale spodziewamy się gości, więc idź do prywatnej łazienki w drugich drzwiach po prawej. Znajdziesz tam swoje zwykłe marki do makijażu. Popraw swoją twarz i włosy " .

Podał jej powlekaną złotem wstążkę.

„Załóż opaskę. Żadnych perfum. I wróć do mojego biurka".

Weszła do łazienki i stanęła przed dużym lustrem.

"Kim jest ta dziewczyna?" myśl. „Co się stało z„ dobrą dziewczynką ", którą była przez całe życie? Jak zmieniła się w dziwkę, którą widziała w lustrze?"

Przesunęła się i wiła, gdy zauważyła, że spódnica w ogóle nie zakrywała jej cipki ani tyłka, zamiast tego podkreślała pręgi i jej ciągły stan podniecenia.

„To gra" pomyślał, wiedząc w swojej głowie, że mecz już dawno minął i jedyne, co mógł zrobić, to poczekać do końca tygodnia.

„Pod koniec tygodnia, co by się wtedy stało?"

Jego ciche pytania ustały, gdy pomyślał o tym pytaniu.

„Oddychaj", powiedziała sobie, „Po prostu oddychaj i bądź posłuszna".

Uwolniła się od ciągłych pytań i ponownie nałożyła makijaż na twarz.

Związała falujące włosy w ciasny kucyk i wróciła do dużego lustra.

„Oddychaj, po prostu oddychaj i bądź posłuszny". Powtórzyła się.

Rzucając ostatnie spojrzenie i biorąc powolny oddech, odwróciła się do niego, podeszła do jego biurka i uklękła przed nim, tak jak ją nauczył.

Patrzył, jak idzie z rozkosznie odsłoniętymi okrągłymi policzkami, pręgami czerwonymi i wściekłymi, gdy ostrożnie stąpała na piętach, kołysząc biodrami jak dziwka gotowa do przyjemności.

– To moje – powiedział niemal z niedowierzaniem.

W tym tygodniu jego trening posuwał się naprzód tak dobrze ; lepiej, niż mógł się spodziewać.

Wydawało się, że każdą przeszkodę, jaką stawiał, pokonywał ze względną łatwością.

Ciągle martwiąc się, że jedzie za szybko, wczoraj prawie uciekła, a dziś rano widział strach w jej oczach, ale w końcu zawsze była posłuszna.

Jej uległość prawie została w niej wpojona przez połączenie dominującego ojca i łagodnej matki.

Pragnął jej od tak dawna.

Odkrycie jej żądzy erotycznego bólu tylko podsyciło jego pragnienie zdominowania jej.

Nie chciał pozwolić jej odejść pod koniec tygodnia, chociaż wiedział, że może zmusić ją do pozostania niewolnicą poprzez szantaż lub przymus, wiedział, że taki związek nigdy nie spełni jego życzeń.

Potrzebował więzi zaufania i wzajemnej miłości, aby ona pragnęła jego dominacji, tak jak on pragnął jej całkowitej uległości.

Patrzył na nią przez dłuższą chwilę, gdy klęczała przed nim.

Ciężko pracował, aby dojść do tego punktu w swoim życiu.

Miał własną firmę i klub, które podsycały jego najciemniejsze pragnienia dominacji i kontrolowania wszystkiego w jego życiu.

Miał żonę, rodzinę i dom, obiekt zazdrości wielu, ale tego wszystkiego nigdy nie było dość.

Mógł mieć każdego niewolnika w firmie lub klubie, a wykorzystywał wielu z nich w takim czy innym czasie.

Ale szukał tego, którego mógłby posiadać i kochać jednocześnie, coś, co zawsze mu umykało.

Spojrzał w jej jasnozielone oczy.

Susan była inna, jej pragnieniem było, aby była czymś więcej niż tylko ciałem, którego można używać i maltretować do woli.

Chciał posiąść, kontrolować i opiekować się małą dziewczynką, zdominować każdą część jej życia i pokazać jej, jak głęboka może być miłość niewolnika i Pana.

Jak bardzo różniło się od tego, które było w przypadku męża i żony lub kochanków, ale było o wiele głębsze i bardziej ufne.

Wziął z jej biurka białą aksamitną wstążkę i pochylił się, by ją głęboko pocałować.

Gdy zakładał wstążkę na jej szyję.

Podskoczyła, gdy usłyszała trzask klipsa zamykającego go jak ciasny naszyjnik.

Jego ręce nadal ją pieściły, podczas gdy pocałunek trwał.

Gładził jej ramiona i klatkę piersiową, szczypał twarde, małe pączki, potrząsał nimi, by usłyszeć dźwięk dzwoneczków i jej jęk podczas jego pocałunku.

Przerywając pocałunek, wstał, przyciągając ją bliżej siebie za sutki.

"Nasi goście wkrótce przybędą, chodź mój mały niewolniku."

Zabrał ją do sali konferencyjnej i pchnął przed siebie, po prostu powiedział:

„Idź tam".

Patrzył, jak przygryza wargę, i patrzył na liczbę krzeseł.

Podeszła do szczytu owalnego stołu i uklękła na podłodze obok czegoś, co uważała za jego krzesło.

„Dobrze, mój mały niewolniku, czego się dzisiaj dobrze nauczyłeś?"

SPOTKANIE Z MISTRZAMI

Personel kuchni przybył z jedzeniem i był zajęty w małej kuchni, przygotowując ostatnie szczegóły bankietu.

Tymczasem jego Mistrz wziął duże krzesło i kazał mu usiąść obok siebie, wskazując miejsce na podłodze.

Skrzywiła się, gdy zajął jej miejsce i słuchała, jak mówi do niej cicho:

„Mężczyźni, którzy dzisiaj przyjdą, to niektórzy z moich najstarszych przyjaciół. Są także Panami i przyprowadzą ze sobą swoich niewolników".

Patrzył, jak chłonie jego słowa, po czym kontynuował:

– Będziesz im posłuszna, tak jak mnie. Ale nie pozwolę, żeby cię to skrzywdziło, mała Susy.

Zagryzła wargę, pręgi, które zdobiły jej pośladki i nogi, wciąż pulsowały od dowodów na to, co by się stało, gdyby go zawiodła.

Podniosła wzrok, kiedy zamilkł, i patrząc mu w oczy, szepnęła:

„Jeśli kocham".

Już miał zapytać o coś jeszcze swoich gości, gdy do biura wszedł mężczyzna trzymający dziewczynę na smyczy.

Uśmiechnął się ciepło, wyciągnął rękę, by chwycić rękę Roberta i potrząsnął nią mocno.

– Czy jesteśmy pierwsi?

„Właściwie, Steve, to prawda. Miło cię widzieć". Spojrzał w dół i zapytał: „A jak się masz dzisiaj, Shaky?"

Susan była zaskoczona, gdy dziewczyna odpowiedziała „Hiip", jak dźwięk małego psa, i wiła się, gdy poklepał ją po głowie.

Susan przyjrzała się jej uważniej, gdy zauważyła, że ma na sobie czerwoną skórzaną obrożę ze słowem „suka" wypisanym diamentami z przodu.

Susan podziwiała koronkową suknię, którą miała na sobie niewolnica, kiedy usłyszała swoje imię i podniosła głowę, rumieniąc się, kiedy powitał ją drugi Pan.

„Miło mi pana poznać, proszę pana" – wyszeptała przenikliwym głosem, rumieniąc się jeszcze bardziej, bardzo świadoma tego, jak bardzo jest odsłonięta.

Jej uwaga wróciła do drzwi, kiedy usłyszała głośny śmiech Alana Clarksona, który wszedł z mężczyzną identycznym jak ten, który właśnie ją powitał.

Susan patrzyła to na jednego, to na drugiego, obracając głowę, gdy patrzyła na dwóch mistrzów bliźniaków.

W oszołomieniu dopiero po chwili zdała sobie sprawę, że za śmiejącą się parą Mastersów stoi w milczeniu szczupła dziewczyna.

Tym, który wszedł z Alanem, był Mistrz John, brat bliźniak Steve'a, a za nim szła szczupła dziewczyna, jego niewolnica Samantha.

Oczywiście z tyłu była też Anne, która uśmiechnęła się i mrugnęła do niego.

Dwóch ostatnich członków grupy przybyło ze swoimi dziewczynami w ciągu kilku minut.

Susan siedziała cicho, starając się nie zwracać na siebie uwagi, kiedy mężczyźni witali się nawzajem i dziewczyny.

Pochyliła głowę i uśmiechnęła się, gdy ją powitano, nie ufając przenikliwemu głosowi, który powitał pierwszego Mistrza.

Dlatego w swoim zdenerwowaniu milczał.

Wszyscy przenieśli się do sali konferencyjnej, której utalentowani pracownicy kuchni sprawili, że poczuł się jak w starej jadłodajni.

Susan przyglądała się ostatnim gościom.

Mistrz Barry był krzepkim mężczyzną, ubranym bardziej swobodnie niż pozostali Mistrzowie, ponieważ miał na sobie dżinsy i marynarkę, która wyglądała dziwnie w porównaniu z dobrze skrojonymi garniturami innych Mistrzów.

Za nim podążała Cinthia, wysoka, atletycznie zbudowana blondynka, której mięśnie zdawały się falować przy każdym ruchu.

Ostatnia para należała do Mistrza Jamesa, starszego dżentelmena o jasnoniebieskich oczach, za którym podążała Amy, pulchna dziewczyna z drobnymi ustami, które nadawały jej wygląd anioła kupidyna.

Wszystkie dziewczyny siedziały tak jak ona obok krzeseł swoich mistrzów, gdy kelnerzy weszli z winem i jedzeniem na pierwsze danie.

Ręka jej Pana karmiła ją małymi kęsami z jego talerza, a ona rozkoszowała się smakiem bogatego jedzenia.

Obserwowała inne dziewczyny, gdy Mistrzowie rozmawiali o interesach i wspólnych znajomych.

Anne opierała się ramionami o nogę Mistrza, Shaky zdawał się zwijać w kłębek na stopach Mistrza, Amy oparła głowę na udzie Mistrza, a Cinthia zdawała się niemal potrząsać swoim końskim ogonem małymi ruchami głowy.

Anne pochwyciła jego wzrok i mrugnęła.

„Potrzebujemy tu dzwonka serwisowego, Robert, gdzie są ci kelnerzy?" Mistrz James narzekał.

„Może zamiast tego moglibyśmy ukołysać Susan" – zaśmiał się Alan.

starszych Mistrzów rozbłysły na tę perspektywę, po czym zmarszczyli brwi.

„Dziewczyna tak niska, że wątpię, by zrobiła wystarczająco dużo hałasu".

Robert roześmiał się uprzejmie.

Czy kiedykolwiek przestaniesz narzekać, James?

- Mógłbym, jeśli potrząśniesz tą swoją małą dziewczynką.

Susan patrzyła, jak jej Pan sięgnął w dół, pociągnął za łańcuszek między jej sutkami i potrząsnął nim, sprawiając, że dzwonki zabrzęczały słodko.

„Myślę, że miałeś rację, James, to nie robi dużo hałasu".

Po tych słowach jego ręka wystrzeliła z prędkością błyskawicy, uderzając w jej prawą pierś, powodując, że krzyknęła bardziej z zaskoczenia niż bólu.

— Czy to było lepsze?

„To było niewiele więcej niż pisk".

James uśmiechnął się, a jego niebieskie oczy zabłysły na nią.

Jakby w odpowiedzi na tak zwany pisk, pojawili się kelnerzy i sprzątnęli talerze, zastępując je bardziej wystawnym jedzeniem.

Mistrzowie wrócili do rozmów o interesach, podczas gdy Susan ponownie przyglądała się dziewczętom.

Zastanawiała się, czy wybrali bycie niewolnikami , czy też, tak jak ona, zostali uwięzieni w tej sytuacji.

Ale czy była uwięziona?

Na początku może, ale teraz nie była tego taka pewna.

Może zaczynał ją lubić bardziej niż cokolwiek innego.

Rozejrzał się ponownie po grupie i potrząsnął głową.

To prawie nie wydawało się prawdziwe.

Normalność siadania i czerpania garściami z talerza swoich Mistrzów, jakby to było robione codziennie.

Może tak się wciągnęła w tę grę, że nie uważała już swojego niewolnictwa za coś złego?

Myśli kłębiły się jej w głowie, gdy posłusznie otwierała i zamykała usta, by ugryźć kolejny kęs.

Zastanawiał się, czy afekty dziewcząt były częścią ich osobowości, czy też zostały ukształtowane zgodnie z wolą ich panów.

I zastanawiała się też, jak te dziewczyny muszą na nią patrzeć, z ich ciągłymi rumieńcami i naiwnością,

Czy mogli powiedzieć, że nie była prawdziwą niewolnicą?

Zagubiona we własnych myślach, nie słuchała rozmów Mistrzów i była zaskoczona, gdy pozostali Mistrzowie zaczęli wstawać i wychodzili z pokoju zostawiając dziewczyny same.

Spojrzał z zaciekawieniem na swojego Mistrza, gdy on również wstał.

Pochylił się i delikatnie pogładził jej włosy.

- Niedługo wrócę maleńka.

Skinęła lekko głową i patrzyła, jak odchodzą.

Gdy tylko drzwi się zamknęły, pulchna Amy wstała i rozejrzała się po stole, po czym wślizgnęła się na puste miejsce swojego pana i podniosła swój prawie pełny kieliszek do wina do ust.

Samanta przewróciła oczami.

„Brachu Amy, lepiej nie daj się tam złapać".

„Daj spokój, Samantho, nie jesteś tu najstarszą dziewczyną". Shaky wtrącił się: „Amy to zawsze bachor, który się nie zmieni, a poza tym musimy się dobrze bawić z nową dziewczyną". Błysnęła zębatym uśmiechem w kierunku Susan. „Musisz nam powiedzieć, kochana Zuzanno, jak złapałaś nieuchwytnego mistrza Roberta".

Podkradła się do niej bliżej i położyła na brzuchu z rękami pod brodą, czekając na odpowiedź.

Jak mogła powiedzieć tym dziewczynom, że została złapana?

Że nic nie wiedziała o niewolnictwie i że zaczęło się dla niej jako gra.

Myśli Susan pędziły i zarumieniła się głęboko, gdy dziewczyny wpatrywały się w nią, czekając na odpowiedź.

Samanta ją uratowała:

„Nie sądzę, żeby Susan miała o tym wszystkim pojęcie, kochanie".

Susan potrząsnęła głową, spuszczając wzrok.

A Samantha nadal konspiracyjnie szeptała do pozostałych:

„Nigdy nie byłem niewolnikiem przed tym tygodniem". Odwróciła się do Susan i posłała jej uspokajający uśmiech. „Nie martw się kochanie, te dziewczyny naprawdę nie będą się z tobą bawić. Zostawmy to Mistrzom". Zaśmiała się.

„Nie ma mowy! Czy to prawda?" Shaky spojrzał w twarz Susan z żarliwą ciekawością.

Amy również podeszła bliżej, „Cóż, cóż, słodka, niewinna dziewczyna, kto by pomyślał, że właśnie tego szukał Mistrz Robert, zaskoczony, że zna jej gusta".

Susan próbowała uniknąć własnego zdziwienia, kiedy o niej rozmawiali, ale czuła, jak jej policzki wypełnia ciepły rumieniec.

Amy kontynuowała: „Twój pan nigdy wcześniej nie wziął niewolnika na własność. Myślisz, że cię zatrzyma?"

Susan spojrzała szeroko otwartymi oczami i pisnęła:

"Trzymaj mnie?" Potrząsnęła głową, „Myślałam, że to będzie fajna gra, ale teraz wszystko mi się miesza w głowie. Z wami wszystkimi tutaj, wydaje się to najnormalniejszą rzeczą na świecie, ale tak naprawdę nie wiem co robię przez większość czasu".

- Och, zamknij się kochanie, wszystko jest w porządku. Samantha mrugnęła do mnie: „Obserwowałam cię przez cały tydzień iz każdym dniem wyglądasz coraz bardziej niesamowicie".

Shaky uśmiechnął się. „Naprawdę jesteś nowicjuszem, nie! Cóż, po prostu wiedz, że jeśli pozwoli ci poznać wszystkich naszych mistrzów, myślę, że planuje cię zatrzymać przez jakiś czas". Drżący polizał policzek Susan, rozśmieszając ją. „I byłoby miło mieć nowego towarzysza zabaw, czy wolisz Samanthę?"

Amy spuściła wzrok znad stołu i zacisnęła usta.

„W klubie jest wielu niewolników, którzy cierpią z powodu noszenia naszyjnika pana Roberta. Jeśli zdecyduje się zostać z tobą, powinniśmy być w stanie usłyszeć jęki ich wszystkich". Roześmiała się , klaszcząc w dłonie i biorąc kolejny łyk wina swojego Mistrza. „Chciałbym zobaczyć niektóre z ich twarzy, kiedy się dowiedzą".

– Domyślam się, że dziewczęta mają na myśli to, że wygląda na to, że pan Robert planuje zatrzymać cię przy sobie. Anne zatrzymała się, gdy zobaczyła niepokój w oczach Susan. – Lubisz być jego niewolnikiem, prawda?

Susan była zaskoczona tym pytaniem.

Lubił?

Zagryzła wargę, gdy o tym pomyślała.

Powtarzała sobie, że jest grzeczną dziewczynką, zmuszoną do niewoli, ale jak mogła to powiedzieć tym dziewczynom?

Desperacko chciała zapytać, jak zostali niewolnikami.

Czy mieli wybór, aby zdecydować, czy są... w porządku?"

Cinthia poruszyła kucykiem, prychnęła lekko i przechyliła głowę.

Amy osunęła się na ziemię, wskazując na Cinthię i szepcząc:

— Nie wiem, jak on to robi!

Chwilę później drzwi się otworzyły i przybyli kelnerzy, aby sprzątnąć ze stołu.

Każda z dziewcząt stała w milczeniu w miejscu, podczas gdy kelnerzy pracowali szybko, aby uzupełnić stół owocami i serami i znów zostały same.

Ponownie wszystkie pozostałe dziewczyny spojrzały na Susan, wciąż czekając na jakąś odpowiedź.

„Nie wiem, co robię, nie mówiąc już o tym, czego chcę" – powiedziała ze smutkiem Susan. „To nie przypomina niczego, czego doświadczyłem wcześniej. Wszyscy wydajecie się tacy mili, więc, hm, normalni!" Cinthia prychnęła i uniosła brew. „Cóż, wiesz co mam na myśli, dla normalnego świata stereotyp seksualnej niewolnicy jest..." szukała odpowiedniego słowa.

Poddając się, wzruszyła ramionami.

„Och, w porządku, laleczko", Anne stanęła w jej obronie. „Znamy ten stereotyp, ale miej oczy i umysł otwarte na wszystko, co widzisz i słyszysz, a zdasz sobie sprawę, że na tym świecie nie ma nic normalnego. Pomyśl o seksie jak o lodach, gdyby wszyscy lubili wanilię. Cóż to byłby za nudny świat. ".

Amy przewróciła oczami, po czym skinęła na Susan.

„Lody to lepka, stara analogia, ale działa. Ludzie lubią różne rzeczy, jedzenie, samochody, ubrania i seks. Powiedziałbym, że musisz sam zdecydować, ale myślę, że ta decyzja została już podjęta za ciebie".

Susan przygryzła wargę i już miała zaprotestować, że ma jeszcze jeden dzień na podjęcie decyzji, ale jej system wczesnego ostrzegania, Cinthia, zaprowadził ich z powrotem na miejsce w chwili, gdy mistrzowie wracali na swoje miejsca i jowialnie rozmawiali o biznesie klubowym i wspólnych znajomych.

Po czasie, który wydawał się godzinami, ale prawdopodobnie nie więcej niż jedną, Amy bez większego powodzenia stłumiła ziewnięcie i zwróciła uwagę stołu.

Mistrz James spuścił wzrok. „Cóż, to jest to, co dostajesz za niespanie po porze spania, kochanie".

Spojrzał w górę, dąsając się i zaczął protestować: „Ale..."

Surowe spojrzenie Mistrza zmroziło jej język, przeprosiła i uklękła, prostując się.

James uśmiechnął się i zmierzwił swoje loki.

„Dlaczego nie zapytasz pana Roberta, czy możesz pobawić się dzwoneczkami Zuzanny, żeby zająć cię trochę dłużej, a potem zabiorę cię do domu, mała?"

Figlarność błyszczała w jej oczach, gdy wstała i tak słodko zwróciła się do Roberta mówiąc.

„Och, proszę, panie Robercie, czy mogę? To takie śliczne dzwoneczki, a ty masz taką piękną niewolnicę".

„Jak mógłbym odmówić takiej słodkiej dziewczynie?" Robert uśmiechnął się.

"Dziękuję Mistrzu Robercie, dziękuję!" Amy zabulgotała i zniknęła pod stołem, by podczołgać się do Susan.

– Wygląda na to, że już się obudziła. Alan roześmiał się, gdy Shaky wydał z siebie podekscytowany skowyt i uspokoił się szybkim pociągnięciem za smycz.

„Wygląda na to, że wszyscy chcą bawić się z nową dziewczyną". - mruknął Barry.

Robert uśmiechnął się do niej.

„Nie mogę ich winić, naprawdę lubię się z nią bawić".

Spotkało się to z wielkim śmiechem i po raz kolejny złapał się na tym, że rumieni się wściekle pod obserwacją pokoju .

Amy radośnie siedziała obok niej, bawiąc się sutkami Susan i dzwoniąc dzwoneczkami w różnym tempie, podczas gdy rozmowa toczyła się wokół niej.

Poczuła, jak jej Pan bawi się jej kucykiem i spojrzała w jej przenikliwe oczy.

Jej oddech przyspieszył, a oczy rozszerzyły się, gdy poczuła, jak usta Amy zaciskają się wokół jej sutka.

Kiedy palcami grał na dzwoneczkach, jego język przesuwał się po jej twardym, różowym miejscu.

jego Mistrza zamigotały i zmarszczyły się w kącikach w uśmiechu, który nie pojawił się tylko na jego ustach.

„Wygląda na to, że moja dziewczyna jest jak zwykle zbyt podekscytowana. Lepiej zabiorę ją do domu, bo inaczej będzie zbyt zdenerwowana, żeby znów zasnąć. Chodź dziewczyno, zabierzemy cię do domu". Mistrz James wstał, mówiąc.

Amy odchyliła głowę do tyłu i głośno puściła sutek, który pielęgnowała.

Podnosząc wzrok, cicho zapytał:

– Czy mogę cię pocałować na pożegnanie?

„Tak, kochanie. W takim razie podziękuj mistrzowi Robertowi i ruszamy w drogę".

Amy położyła jedną rękę na policzku Susan, a drugą na jej szyi, przytrzymując ją w miejscu, kiedy przyciskała swoje usta do swoich.

Susan poczuła natarczywy język i potulnie rozchyliła usta, kiedy pucołowaty pocałował ją delikatnie, ale głęboko, badając jej usta trzepoczącym językiem, pozostawiając Susan bez tchu pod koniec pocałunku.

"Żegnaj mój nowy przyjacielu, mam nadzieję, że zobaczymy się jeszcze wiele razy. Musisz przyjść na randkę, mam mnóstwo świetnych zabawek!" Jęknęła, gdy jej Mistrz odchrząknął i wstał. „Dziękuję, że pozwoliłeś mi bawić się z Susan Master Robert".

„Nie ma za co, kochanie, śpij dobrze. Twój zrzędliwy stary pan wygląda na wynędzniałego".

Amy przybrała swoją najbardziej uwodzicielską, niewinną minę. — Wierzysz w to? Przyjrzała się swojemu panu od góry do dołu. „Może powinienem wyjąć mój zestaw pielęgniarki, kiedy dotrzemy do mojego domu i dać mu czek".

„Och, myślę, że zdecydowanie tego potrzebujesz, kochanie. A teraz idź do domu".

James jęknął: „Dzięki za to, przyjacielu, może następnym razem zapełnię głowę Susan obowiązkami, żebyś była zajęta".

Amy uśmiechnęła się i odwróciła z powrotem do stołu, "Panie i panie".

Następnie wzięła swojego Mistrza za rękę i zaczęła wyprowadzać go z pokoju, podczas gdy on się żegnał.

Steve zachichotał, mówiąc cicho do Johna:

„Och, myślę, że to będzie kolejna niezapomniana noc dla tego bezczelnego bachora".

John zaśmiał się.

- Chyba że James zdecyduje się dać jej klapsa podczas długiej jazdy do domu.

„Cinthia i ja też powinniśmy już być w drodze, chcę iść do klubu jeździeckiego, a mamy dużo przygotowań". Barry zadudnił swoim głębokim barytonem.

Robert wstał i uśmiechnął się.

- O tak, oczywiście. To szczęście, że byłeś w mieście na naszym spotkaniu. Dzięki, że przyszedłeś, Barry.

Robert podszedł do drzwi pokoju, po czym odwrócił się i wskazał pozostałym:

– Może przesiądziemy się na wygodniejsze krzesła, gdy zbliża się noc? Widok jest tam całkiem niezły.

Masters wstali i podążyli za dziewczynami.

Anne popchnęła Susan, żeby się ruszyła.

Obserwował Cinthię i jej chód na długich nogach, kiedy w końcu przyszła mu do głowy wzmianka o klubie jeździeckim.

Patrzył bardziej krytycznie na inne dziewczyny niż próbował dostrzec ich cechy, że tak powiem.

Shaky był uroczym małym szczeniakiem, a Anne bujną, seksowną dziewczyną, ale Samantha ją myliła.

Susan była zaskoczona widokiem chodzącej dziewczyny, była pełna gracji, jakby była baletnicą.

Susan po raz kolejny poczuła się nie na miejscu, nie było w niej nic szczególnego i musiała się wiele nauczyć.

Zdała sobie sprawę, że nigdy nie będzie wyjątkowa jak te dziewczyny i że jej Mistrz tylko się z nią bawił.

Po tym zdała sobie sprawę, że nie mógłby, nie mógłby jej trzymać jako swojej niewolnicy, gdyby nie miała specjalnej cechy.

Poczuła przypływ ulgi, że nie będzie musiała decydować za siebie.

Ale szybko temu uczuciu towarzyszyło ukłucie smutku.

Zagryzła wargę w zamyśleniu, podążając za swoim Mistrzem do jego krzesła i siadając obok niego.

Ponownie otrząsnęła się z myśli z głowy, gdy jej Mistrz ponownie owinął dłoń wokół jej kucyka i spojrzał na niego.

„Hej, John, zaproś swoją dziewczynę, żeby mi służyła, bracie, ten niewolnik jest bezużyteczny we wszystkim, co nie jest w butelce lub puszce".

Steve trącił Shaky'ego stopą, a ona cicho warknęła na niego, co sprawiło, że zmarszczył brwi.

Z skinieniem głowy od swojego Mistrza, Samantha ruszyła w stronę Mistrza Steve'a, tańcząc stopami.

Przywarła do niego całym ciałem, liżąc jego szyję aż do ucha, skubiąc delikatnie i mrucząc:

„Mistrzu, co ten niewolnik chce, żebym ci dziś przyniósł?"

- Poproszę szkocką, kochanie.

Samantha rozwinęła się ze swojego ciała, obracając się na palcach stóp i poślizgnęła w kierunku kuchni.

Wytarła świeżą szklankę i obróciła się lekko, by dać widzom widok zmysłowego, zakrzywionego konturu jej ciała, gdy przesuwała krawędź szklanki w górę i nad wypukłymi piersiami, drżąc i biorąc głęboki oddech.

Susan patrzyła na nią zafascynowana.

Anne napełniła szklankę do połowy, zanim otworzyła drzwi zamrażarki, pozwalając, by obmyło ją zimne powietrze.

Powietrze sprawiło, że jej sutki stwardniały, odsłaniając wyraźnie spiczaste końce pod delikatną jedwabną szatą, którą miała na sobie.

Chwycił lód i wrzucił go do szklanki z wysokim brzękiem.

Ruchem bioder zamknęła drzwi zamrażarki i odchyliła się do tyłu, potrząsając głową i pozwalając włosom opaść jak fala ciemnego jedwabiu.

Odwróciła się do Mistrza, ocierając się piersiami o jego ramię i podnosząc najpierw szklankę do ust, aby pocałować brzeg, zamruczała:

„Twoja whisky, panie Steve, ta niewolnica ma nadzieję, że twoja służba jej się podobała".

"Obsługa jak zawsze wyśmienita i coś słodkiego. A teraz wróć do swojego Mistrza, zanim zapomni, do kogo należysz".

Susan była zachwycona tym, jak Samantha sprawiła, że nalewanie drinka wyglądało tak seksownie.

Stwierdziła, że chce móc to zrobić i podniosła wzrok, by zobaczyć reakcję swojego Mistrza, ale zauważyła, że przygląda się jej uważnie.

Myśli wskoczyły mu do głowy.

Czy byłaby taka zabawna, żeby go zadowolić?

Może nauczyłaby się być tak elegancka i atrakcyjna, a może wtedy Mistrz chciałby ją zatrzymać.

Przekonała samą siebie, że odeśle ją po tygodniu.

Zajęta myślami do przodu, ponownie zaczęła się zastanawiać, czy takiego życia chciała, być niewolnicą, pozbawić ją wolności wyboru, wykonując każde jej polecenie? Czy mogłaby nauczyć się być w jakiś sposób wyjątkowa? zadowolić go?"

Jej pragnienie, by jeszcze raz go zadowolić, zagłuszyło wszystkie inne pytania i zwróciła swoją uwagę z powrotem na Lordów, którzy nadal żartowali, gdy popołudnie mijało, a niebo stało się czarne jak atrament.

Bliźniaczy Masters odmówili dalszych drinków, ponieważ mieli tego wieczoru zaręczyny w klubie, a Alan stwierdził również, że nie może się doczekać wizyty w klubie i zobaczenia, co jest na wystawie.

Robert odmówił dołączenia do nich, argumentując, że wciąż ma pracę do załatwienia.

Wstał i podszedł do drzwi spotkania, rozmawiając uprzejmie, a Susan w milczeniu podążyła za nim, dziękując Anne za całe jej wsparcie przez całe długie popołudnie i wieczór.

„Och, kochanie, to nie było nic, w pewnym momencie wszyscy byliśmy nowi w tym stylu życia".

Całując Susan w policzek, Anne poszła za Alanem do windy.

Kiedy winda w końcu się zamknęła, Robert odwrócił się i poszedł z powrotem do biura, pewien, że pójdzie za nią.

Kiedy uklękła przed nim, siadając na piętach, pochylił się, by pogłaskać ją po policzku.

- Jestem bardzo zadowolony z twojego dzisiejszego występu, dziewczyno.

Pochylił się, by ją głęboko pocałować, a ona poczuła motyle trzepoczące w jej brzuchu i dreszcz wzdłuż kręgosłupa.

Byłem szczęśliwy!

Radość, którą czuła, była wyczuwalna w połączeniu z jego pocałunkiem.

Nie myślał o niczym innym, jak tylko o tym, jak jego słowa i dotyk sprawiły, że się poczuła.

„Teraz, kiedy upewniliśmy się, że masz wolny wieczór, zagrajmy w grę, Susy. Wiem, jak lubisz gry". Uśmiechnął się do niej porozumiewawczym uśmiechem.

"Tak jest." wyszeptała.

Miała nadzieję, że po wyjeździe gości będzie mogła wrócić do domu i odpocząć.

To był bardzo długi dzień i była bardzo zdezorientowana, a wszystkie myśli plątały się jej w głowie.

On kontynuował:

„Każdy z nas może zadać trzy pytania dotyczące dzisiejszego wieczoru. Możesz zadać mi wszystko, co chcesz wiedzieć o naszych gościach i wieczorze. Zadam ci pytania o to, czego mam nadzieję, dowiedziałeś się. usatysfakcjonowany twoimi odpowiedziami, poniesiesz konsekwencje".

Wił się, wiedząc, że nie zwraca wystarczającej uwagi na drobne szczegóły, a jego myśli często wędrowały,

Powinna była wiedzieć, że będzie to test, zawsze jakoś ją testował.

Ale skinęła głową i szepnęła:

„Jeśli kocham".

„W porządku, teraz zaczynajmy, podaj mi imię każdego gościa i jego niewolnika".

Wziął głęboki oddech i drżącym głosem zaczął:

„Alan Clarkson i jego niewolnica Anne, Steve Goodman i jego niewolnica Shaky, John Goodman i jego niewolnica Samantha, James Smith i jego niewolnica Amy oraz Barry Collins i jego dziewczyna Cinthia".

Przygryzła wargę, nie została formalnie przedstawiona, słyszała nazwiska i składała nazwiska razem ze swojej praktycznej wiedzy na temat notatek i e-maili, które wysyłała im jako ich asystentka.

„Bardzo imponujące", uśmiechnął się, „ale obawiam się, że jako niewolnik , co było twoją jedyną rolą dzisiejszego wieczoru, powinniście zwracać się do każdego z was per pan, po którym następuje wasze imię". poklepała się po kolanie, kiedy zobaczyła, jak opada jej dolna warga. „Na moich kolanach, mała Susy".

Bolesne pręgi, które naznaczyły ją wcześniej jako dziwkę, już dawno zniknęły.

Delikatnie przesunął dłonią po jej pupie, po czym uderzył go mocno i obserwował, jak odcisk dłoni zaczyna świecić na różowo na jego gładkiej skórze.

Przygryzła wargę, jęcząc, gdy poruszała nogami.

W międzyczasie jego ręka opadła jeszcze cztery razy, po jednym dla każdego z Mistrzów, którzy uczestniczyli w późnym obiedzie.

Kilka łez spłynęło po jej policzkach, bardziej z powodu rozczarowania go niż z ciosów, kiedy dotknął jej tyłka i zasugerował:

"Twoja kolej".

Pomyślała i zapytała:

„Każda z dziewczynek była wyjątkowa w wyjątkowy sposób, ponieważ Shaky była małą dziewczynką, czy są tak szkolone przez swoich panów, czy też są takie naturalne?"

„Niektórzy niewolnicy mają upodobanie do określonej roli i zostaną wzięci przez Mistrza i przeszkoleni zgodnie z ich pragnieniami i potrzebami". Zatrzymał się na chwilę, zanim kontynuował: „Niektórzy mistrzowie wolą puste płótno i wezmą dziewczynę i ukształtują ją według swoich upodobań. Jednak w obu przypadkach dziewczyna musi mieć naturalną uległość. Zmuszanie dziewczyny do niewoli nie zawsze okazują się tak dobre, jak chciałby Mistrz".

Jego umysł zwariował.

Czy nie była zmuszana?

Zaczęło się jako gra.

Zgodziła się być jego i być mu całkowicie posłuszna przez tydzień.

Przyznała, że nie została zmuszona do zaakceptowania tego, ale tak naprawdę nie wiedziała, co akceptuje.

Ręka głaszcząca ją po plecach zatrzymała się, gdy zaczął mówić, a ona uważnie słuchała jego następnego pytania.

„Spośród sześciu dziewczyn, które są tu dziś wieczorem, opowiedz mi o każdej z nich, która z nich ma szczególne talenty, tak jak je widziałeś".

Wiedział, że było tylko pięć dziewczyn, ale nie lubił go poprawiać, kiedy był w tak bezbronnej sytuacji, więc zaczął:

„Shaky jest bardzo podobny do szczeniaka. Myślę, że Cinthia to kucyk. Amy jest bardzo dziecinna. Anne to cycata blond bomba. Samantha mnie odrzuciła, ale myślę, że jest baletnicą i porusza się z wielką gracją".

Odwróciła głowę i spojrzała na niego z nadzieją.

Dwukrotnie uderzył ją mocno w tyłek.

„Anne, podobnie jak ty, moja mała Susy, jest podniecana bólem w sposób, którego nie lubi większość niewolników. Na przykład Samantę w ogóle nie podnieca ból ani kara. Jej przyjemność pochodzi z zadowolenia jego Pana. I świeci w sposobie, w jaki służy, tańcząc. Jego Mistrz podąża za stylem życia mieszkańców Wschodu". Jej ręka zawisła ponownie i uniosła brew. „A szósty?"

Zagryzła wargę ze zmarszczonym czołem, gdy jej umysł pędził, próbując dowiedzieć się, kogo pominęła w swojej odpowiedzi.

Obserwowała jego uśmiech, gdy jego ręka ponownie opadła.

Krzyknęła i wykrztusiła:

„Nie rozumiem, skoro było tylko pięć dziewczyn".

Uderzył ją ponownie, gdy odpowiedziała:

„Zapomniałeś o najważniejszym niewolniku, moim!" Jego ręka ponownie opadła, by wyrazić swoją opinię. – Byłeś tam, prawda?

Odwróciła się i krzyknęła:

„Tak, Mistrzu, ale nie jestem wyjątkowy, nie mam żadnych specjalnych talentów".

Opuściła głowę pozwalając łzom płynąć.

Jego serce przestało bić, naprawdę była tak niewinna i naiwna, tak wyjątkowa w swojej potrzebie zadowolenia i służenia, że znosiła wszystkie wymagania, jakie od niej stawiał i niemal dobrowolnie przyjmowała jego kary.

Ze swoim rumieńcem i słodkim usposobieniem była uosobieniem naiwności i nawet nie zdawała sobie z tego sprawy.

Jego słodka mała księżniczka publicznie i jego kochająca ból dziwka prywatnie, kiedy tego chciał.

„Czy nie mówiłem ci przez cały tydzień, że jesteś wyjątkowy ? Co jest specjalnego w moim pragnieniu ciebie i potrzebie posiadania cię na własność? Czy myślisz, że poznawszy kilku moich przyjaciół, przedstawiłbym ich niewolnikowi, który nie był wyjątkowy? " Ostatni prawie ryknął, wywołując u niej dreszcze i zamęt w głowie.

Susan jęknęła.

„Tak, Mistrzu, nie mam na myśli Mistrza, och..." krzyknęła, „Nie wiem, co mam na myśli".

Jego ręka wędrowała w dół jej teraz czerwonego tyłka, sprawiając, że jęczała jeszcze bardziej, ciepło przepływało przez jej ciało, kiedy ją bił, sprawiając, że pocierała brzuchem o kolana, gdy czuła, jak jego twardość rośnie, a jej cipka ociera się o jej udo.

Zamknęła oczy dysząc i głośno jęcząc.

Ciepło, ból i jego dotyk wywołały skurcze w jej ciele.

Kiedy już miała dojść, przestał mocno kłaść dłoń na jej plecach, przytrzymując ją w miejscu, żeby nie mogła się ruszyć.

"A twoje następne pytanie brzmi..."

Nie mogła jasno myśleć, jej potrzeba przyjścia była tak pilna, że jej ciało zadrżało i jęknęła.

„Czego chcesz teraz, o co musisz poprosić małą dziwkę?"

Poczuła, jak ogarnia ją intensywny rumieniec zażenowania, gdy wyraziła swoją potrzebę:

„Proszę Mistrzu, muszę dojść, pozwól mi dojść".

To był pierwszy raz, kiedy ją o to poprosił i to było jak ostateczna przeszkoda, którą bez wysiłku przeskoczyła.

Podniósł do niej rękę i znów zaczął uderzać w jędrne, okrągłe policzki, jego ręka odbijała się od czerwonej powierzchni, gdy uderzyła w jego udo i penisa.

Pragnął jej tak bardzo, że wątpił, czy mógłby czekać tydzień, by ją zabrać, ale musiał poczekać, by upewnić się, że zostanie.

Zesztywniała i wydała z siebie długi, sapiący pisk, gdy jej głowa zakręciła się z bólu i przyjemności.

Jej cipka pulsowała bardzo potrzebną spermą, która zdawała się strzelać prądami przyjemności przez jej ciało jak strzały z broni palnej, gdy dochodziła przez długi czas.

W końcu opadła bezwładnie na jego kolana.

Podniósł ją i trzymał w ramionach.

Gdy odzyskała swoje drobne ciało, drżąc, wtulona w jego ramiona.

Uśmiechnął się.

„Wygląda na to, że klapsy nie są dla ciebie wielką karą, moja mała suko bólu. Właśnie zadałaś pytanie, więc chyba znowu moja kolej".

Podskoczyła i sapnęła, gdy zdała sobie sprawę, że gra się jeszcze nie skończyła, i potrząsnęła głową, aby oczyścić myśli.

Ujął jej podbródek i uniósł głowę, by spojrzeć jej w oczy.

– Jak długi jest tydzień, Susy?

Pytanie ją zaskoczyło, przygryzła wargę, myśląc, że musi istnieć alternatywna odpowiedź dla oczywistej, ale nie mogła wymyślić żadnej, więc szepnęła:

"Siedem dni".

Uśmiechnął się, obserwując świt zrozumienia na jej twarzy.

„Dobrze sobie radzisz przez pierwszą połowę tygodnia, mój mały niewolniku". Powiedział upewniając się, że zrozumiała jego pełne znaczenie.

"Siedem dni."

– powtórzyła szeptem.

Jej myśli powędrowały do planów, które poczyniła, by być w domu swoich rodziców w ten weekend, aby pomóc w przyjęciu rocznicowym i zaczęła zmartwiona przygryzać wargę.

Obserwował ją uważnie, zanim zapytał:

– Twoje ostatnie pytanie, Susy?

Spojrzała na niego zatroskanymi oczami i szepnęła:

– Myślałem... to znaczy, założyłem... hm...

Spojrzała na jego twarz, nie czytając w jego oczach niczego, co pomogłoby jej powiedzieć mu, że założyła, że jej tydzień będzie tygodniem pracy, tylko pięć dni, więc zachęcono ją, by zapytać:

„Czy niewolnicy mają wolne weekendy?"

KONIEC CZĘŚCI PIERWSZEJ